19
男って、
それは
いでしょう!
著
Y・A

ルイーゼ
ヴィルマ
「ヴェンデリンさんは、釣れていませんわね」
「そういうカタリーナはどうなんだ？」
「数は釣れていますわよ」
反対側で釣っているカタリーナは、
四十センチほどあるサバに似た魚を次々と釣り上げている。
ヴェンデリン
カタリーナ

新聞記者 ルミ・カーチス
「それで、私たちを取材して
なにか記事になるのですか？」
「エリーゼさんでしたっけ？　十分になるっすよ！
ああ、一応独占取材させてもらえる立場として、
配信する記事は事前にお見せするっす。
プライバシーの問題とか、うるさい連中もいるっすから」
エリーゼ

宰相　ライラ・ミール・ライラ
「バウマイスター伯爵殿、下だ」

「下？」

少し視線を落とすと、そこには王様の格好をした魔族の少女がいた。

魔王　エリザベート・ホワイル・ゾヌターク九百九十九世

CONTENTS

八男って、それはないでしょう！⑲

第二話　偵察および、臨時食料調達任務

バウマイスター伯爵領を出発した一隻の小型魔導飛行船が、西へと向かう。

魔族アーネストの案内で地下遺跡から発掘され、このたび王家から運用の許可を貰《もら》った、バウマイスター伯爵家諸侯軍に属する船である。

西方海域にあるテラハレス諸島群に突如、魔族の国のものと思われる空中艦隊が出現し、そこを領有するホールミア辺境伯家が臨戦態勢を敷いた。

その救援のため、俺たちは現地に向かっているわけだ。

ただ、魔族はテラハレス諸島群に臨時の拠点を築くのに必死で、そのため、ほとんど陸兵は連れてきていないそうだ。

ホールミア辺境伯領に対しての直接の侵攻は、今のところは可能性が少ないと王国軍上層部も判断しており、俺たちも王国も陸兵の派遣は行っていない。

魔法使いと、空軍の派遣が主なものとなっていた。

兵力を派遣すると、受け入れる側としても色々と準備が必要となる。

必要経費は援軍側が負担するのが義務だが、大勢の兵たちが西部で食料調達を始めると値上がりするし、必要量の確保にも苦労するであろう。

そうでなくても、現在は西部諸侯に動員命令がかかっている。

彼らへの補給が最優先になるわけだ。

王国西部は穀倉地帯だが、王国各地への輸出や自分たち用の備蓄も必要なので、そう余裕があるわけではない。

そのため、歩兵の派遣は極力控えるのが決まり……暗黙の了解というやつだ。

貴族なんだから、そのくらいは察しろと。

「う――――む、魔導飛行船を託児所代わりとは凄《すご》いのである」

「動員されたバウマイスター伯爵家の女性魔法使いたちが、みんな子持ちなわけだからな」

船は途中ブライヒブルクに寄り、そこで導師とブランタークさんも拾っている。

二人は、託児所と化した船内を見て目を丸くさせた。

戦場になるかもしれないのに子連れなのは前代未聞……ということは実はなかったりする。

過去の戦乱期には、子連れで陣地に詰めていた女性魔法使いも存在していたそうだ。

「補給物資にオムツとベビー用品が必要だな」

「ちゃんと持ってきましたよ」

それどころか、赤ん坊たちの世話を手伝う、ドミニク以下のメイドたちに、彼女たちが必要な物資まで用意してある。

「ホールミア辺境伯領の中心都市ホールミアランドで購入しないのか？」

「そこには寄りませんし……」

テラハレス諸島群に一番近く、ホールミア辺境伯領の水軍基地もある西部の港町サイリウスに直接向かうようにと、エドガー軍務卿から連絡がきたからだ。

「いやさ、こういう場合は、伯爵様としては大判振る舞いで購入しないと文句を言われるんじゃないかと、老婆心から心配したわけだ」

大貴族の大半が、普段はみんなが思っている以上にケチだったりするのだが、たとえば他の貴族領に出かけた時には、派手にお金を使う。

見栄が一番大きな理由だが、あとは訪問した貴族の領内に金を落とすためでもある。

ブランタークさんは、それをしなかった俺を心配しているのであろう。

「どうせサイリウスでお金を使うことになるのである。それに、今は準戦時状態なのである！　大人ゴッコはあとでするのである！」

導師の言うとおりで、今の王国は『準戦時』態勢にある。

準がついたままなのは魔族艦隊の目的がいまいち掴《つか》めないのと、テラハレス諸島群が占拠されているとはいえ、元々無人島であり、領民たちが直接被害を受けたわけではないので、早急に反撃する必要もないからだ。

ただ、いつ魔族が攻め寄せてくるやも知れず、迎撃準備は必要であった。

場合によっては、王国の命令でテラハレス諸島群奪還が命じられる可能性もある。

その場合、王国全土から歩兵を集めると莫大《ばくだい》な経費がかかってしまう。

そこで、魔導飛行船や魔法使いといった少数精鋭を、援軍としてホールミア辺境伯領に出したわけだ。

「サイリウスでの道案内は、ブランタークさんと導師に任せますね」

二人とも冒険者時代に、西部での滞在経験があると予《あらかじ》め聞いていた。

当然サイリウスにも行ったことがあるはずなので、適任なのだ。

「任せるのである！」

「それはいいが、西部の案内なら西部生まれのエルヴィンがいるじゃないか」

ブランタークさんは、西部出身であるエルにも道案内を頼むようにと勧める。

「ブランタークさん、ブライヒブルクに来るまでの俺は、故郷とその周辺地域から出たことがないので無理ですよ。サイリウスにも、ホールミアランドにも行ったことがないですし」

「そうなのか？」

「俺は魔法なんて使えないから、行動範囲が狭いんですよ」

エルも貧乏騎士爵家の出なので、旅行などした経験がないのであろう。

故郷であるアルニム騎士爵領とその周辺地域くらい、つまりはピクニック程度がせいぜいのはずだ。

「エル、アルニム騎士爵領ってどこにあるの？」

「西部領域でもさらに西寄りの位置にあるな。周りは山ばかりで、もの凄い田舎だぜ」

イーナに聞かれて、エルは自分の故郷について話し始める。

アルニム騎士爵領は山に囲まれた典型的な田舎領地で、それでも山道を一日歩けばある程度大きな町に出られるそうだから、バウマイスター騎士爵領よりはよっぽどマシであった。

「エルのお父様たちは、サイリウスにいるのかしら？」

「さあ？　ホールミア辺境伯の寄子《よりこ》の寄子で動員はされてはいると思うけど、どこに配置されているかはわからないな」

領地のある西部に魔族が攻め寄せるかもという瀬戸際にあるので、エルの実家も兵を出しているはずだ。

ホールミア辺境伯が出兵を要請しないわけがない。

ところが、そんな小規模で練度も怪しい連中をそのまま防衛軍に交ぜると、かえって不利になる可能性がある。

練度不足の諸侯軍が、精鋭の足を引っ張るのだ。

ホールミア辺境伯家諸侯軍の実力は不明だが、これでも三家しかない辺境伯家の軍勢である。

アルニム騎士爵家諸侯軍よりも下のわけがない。

「下手に練度の低い連中を交ぜて混乱されると、全軍が崩壊するからな。どこかで警備でもしてんじゃないのか？」

帝国内乱でも、そんな事例は多数目撃した。

軍勢は、ただ数がいればいいわけではないのだ。

そのため、そういう連中は補給路警備、荷駄部隊の護衛などに回されるケースも多かった。

文句を言おうにも、相手は辺境伯様である。

言えるはずもなく、エルの言うとおり渋々と働いている可能性が高い。

「世知辛いんだね」

「うちなんて、ヴェルの実家よりも少しマシ程度。家の裕福さでいったら、イーナやルイーゼの実家といい勝負だろうからな」

貧乏な騎士など、経済力では大物貴族の陪臣にも劣る。

建前では貴族同士に主従関係など存在しないが、現実ではエルの父親はホールミア辺境伯に逆らえるはずがなかった。

「小貴族としては、それが逆にありがたいかもしれませんわよ」

「かもしれないけど、小なりとはいえ貴族なんだから、表向きは前線に出たいんじゃないのか？」

戦争の際には、常に前に出て剣を振るいたい。

これが歴史書や物語に記される格好いい貴族の姿であったが、もしそんなことをして当主が討ち死にでもすれば相続で手間がかかるし、率いている軍勢の大半が領民たちだから一人でも死ねばその分、生産力が落ちてしまう。

できれば後方に引っ込んでいたいと願うのが彼らの本音かもしれない。

「なんにしても、親父や兄貴たちと会いたくないな。ヴェルに迷惑がかかるし」

以前から、エルのコネでバウマイスター伯爵家の重臣になれると信じているような人たちである。

エルからすれば、ここで顔を合わせたらまた余計なことを言わないかと心配なのであろう。

「到着のようであるな」

船の外には、大きな港町サイリウスが見える。

町は普段どおり平和そうに見えるが、港には物々しいホールミア辺境伯家諸侯軍と王国水軍の艦艇が連なり、臨戦態勢にあった。

「水軍か……」

そう、この世界の海運は、魔導飛行船のせいであまり活発ではない。

魔導飛行船の有用性が高すぎるというのが主な要因だが、海流の難所や地形に問題が多いため港を容易に増やせないこと、加えてサーペントの存在も大きい。

結果から言えば、それらによって船舶のほとんどが小型化の一途を辿《たど》り、今の海軍に至ったのだ。

大型船はサーペントに襲われにくく遠洋航海も大丈夫だが、受け入れる港に難があり、漁業にしろ海運にしろ常に不便さと赤字との戦いだ。それと大陸間移動の手段としては有効だが、リンガイア大陸以外の大陸の存在が不明である以上、無用の長物となった。

中型船は遠洋ではサーペントに襲われ、近海では使い勝手の良さで小型船に劣る。小型船より多くの荷物を運べるが、そこは大陸上空を最短で移動できる魔導飛行船に食われていった。

漁業を除けば、魔導飛行船がカバーできていない部分のフォロー役といったところか？

港を持つ領主はそれぞれ水軍を持つ者が多く、密輸と海賊の取り締まりをしている。

……が、そういった取り締まるべき組織の規模と船もまた小さいので、それに対抗できる程度の戦力でしかない。

ホールミア辺境伯家の水軍は王国有数と聞いていたが、その船の大きさと隻数は例に漏れずしょぼかった。

王国軍でも、水軍は一部の直轄地に配置されているのみで、その規模はホールミア辺境伯家といい勝負である。

空軍の整備が優先され、水軍は軍でも目立たない存在であった。

「そもそも相手も空中艦隊らしいから、水軍はどうせ役に立たないだろうな」

大砲などという便利な装備はないので、空を飛ぶ敵に為《な》す術《すべ》がない。

一方的に上空から攻撃されて沈められてしまう危険性があった。

ミズホ公爵領が開発した魔砲の存在は知られているが、あんなものを急に量産して配備するなど不可能だ。

あのミズホ公爵が技術を王国に提供するはずもない。帝国ですらやっと試作に入ったくらいなのだから。

「まずは、ホールミア辺境伯に挨拶に行くか……」

船を指定の場所に着陸させると、赤ん坊とメイドたちへの警備を残して臨時の本陣へと向かう。


「バウマイスター伯爵殿か、応援感謝する」

ホールミア辺境伯は、今年で三十八歳。

数年前、先代の病死でその爵位と領地を受け継いだ……とエリーゼから情報を聞いていた。

領主としての能力は平均的だそうで、取り立てて名君でもなければ、暗君でもないと。

「大変なことになりましたね」

「帝国の内乱が終わって、まださほど時間も経《た》っていないのにな。ただ……」

最新の情報を聞くと、謎の、というかほぼ魔族の艦隊で決まりだが、テラハレス諸島群でノンビリと基地の建設を続けていて、動く気配はないそうだ。

「水軍の偵察結果ですよね？」

「小型船ばかりだが偵察くらいはな。なぜか向こうは偵察を妨害してこないという理由もあって、そう難事でもなかったそうだが……それも不気味な気がしてな」

「向こうの目的が見えませんね」

「それで困っているんだが、今は警戒しながら待機するしか仕事がない。私は、それなりに忙しいが……」

ホールミア辺境伯家諸侯軍に、他の貴族たちの諸侯軍、王国軍も続々と集まっている。

なにもしなくても物資を大量に消費するので、ホールミア辺境伯はそれを手配しないといけないのだ。

費用は王国と援軍を出した貴族持ちだが、物がないことには購入しようがない。

円滑な物資の輸送が、ホールミア辺境伯の大切な仕事となる。

「一部家臣たちの中には『全軍で攻めて、テラハレス諸島群を取り戻しましょう！』と勇む者もおるし……まだなにもしていないのに疲れた……」

「はあ……」

「上手《うま》く取り戻せたとしても、そこはなにもない無人島なのだ。魔族相手では犠牲も多かろうから、経費を考えるとこんな損な命令、王国政府からでも出ない限りは実行できん」

「かといって、このままなのも困りませんか？」

自領を奪われたままでは、貴族としての沽券《こけん》に関わる。

ホールミア辺境伯には、このまま魔族に撤退してもらいたいという様子が一目瞭然であった。

奪還作戦を決行しても勝てそうにないという本音は、ホールミア辺境伯としては口が裂けても言えないわけだが、王国政府もその件で彼を責めるほど愚かではない。

『では、テラハレス諸島群を王国に譲渡するので、王国軍で奪還してください』とホールミア辺境伯から言われたら困るからだ。

「今は様子を見るしかないわけだが、様子を見ているだけでも経費は飛んでいく。どうしてこんなことになったのやら……」

愚痴を零《こぼ》すホールミア辺境伯に、俺は相槌《あいづち》を打つことしかできなかった。


顔を出して挨拶をするという用事を終えたので、俺は本陣を辞して船へと戻る。

赤ん坊たちもいるし、船内には生活可能な設備や装備が整っている。

宿屋などに泊まらなくても、ここで待っていれば十分であろう。

「事実上のバウマイスター伯爵家諸侯軍の本陣ね」

「質はともかく、数はしょぼいけど」

奥さんでもある魔法使いのみの従軍で、一部いる兵力はあくまでも俺たちの護衛であったからだ。

ブランタークさんと導師もいるが、彼らはブライヒレーダー辺境伯家および王家からの援軍扱いである。

「なにかすることはあるのかしら？」

「う————ん、ないんじゃないの？　ボクたちはなにかが起きないと、お仕事もないでしょう」

イーナの問いに、ルイーゼが代わりに答える。

俺たちが無理に頑張って、他の将兵たちの仕事を奪うのはよくないというわけだ。

俺たちが変に頑張って彼らの目に留まった結果、テラハレス諸島群攻めの先鋒《せんぽう》を命じられでもしたら嫌だと思っているわけでは、決してない。

王国政府が、犠牲の少ない解決策を選んでくれることに期待しているだけだ。

「でしたら、買い物にでも行きましょう」

「そうだな、カタリーナ。みんなで行こうか？」

赤ん坊の世話をドミニクたちに任せて、俺たちはサイリウスの町に向かう。

今は準戦時下ではあったが、別に戦闘が起きているわけではない。

多くの外部から来た軍人たちがいるので、彼らが消費する物資や食料の商いで町は賑《にぎ》わっているようだ。

いちいち現物を輸送していたらキリがないし、そうすると補給部隊も連れてこなければいけなくなる。

であれば、金だけ持ってサイリウスの町で買った方が早い、というわけだ。

準戦時状態なので多少高いが、補給部隊に輸送させるよりは安く済む。

その辺の計算の上手さは、さすがはサイリウスの商人たちというわけだ。

「皮肉なことに、戦争だから儲《もう》かっているのである」

「それはどうかな？　ちょっとくらい税収が増えても、ホールミア辺境伯は大赤字だろうに……」

売っているイカに似た生き物——イカだと思うけど——の串焼きを頬張《ほおば》りながら、導師とブランタークさんは町の様子を見学する。

外部から入ってきた人たちが増え、商売人などは売り上げが増えて万々歳のようだ。

王国軍や他の西部貴族と諸侯軍、それに俺たちと同じように応援に来ている魔法使いの姿もある。

彼らは戦闘をしなくても普通に飲み食いするし、少人数なので宿屋に泊まる人たちもいた。

サイリウスの町は、一種の戦争景気に沸いているわけだ。

「うん？　バウマイスター伯爵殿じゃないか」

「フィリップ殿か？　クリストフ殿も。どうして？」

「応援だよ」

町の往来で、帝国内乱を共に戦ったフィリップとクリストフと再会する。

後ろに数十名の王国軍将校を引き連れていて、俺たちと同じくホールミア辺境伯に挨拶に行った帰りだそうだ。

「お久しぶりです。ですが、王国軍は空軍しか出していないと聞きましたが」

「エリーゼ殿、それは大雑把《おおざっぱ》な言い方というやつだな」

情報が欲しいところなので、二人をお茶に誘って話をすることにする。

フィリップとクリストフは護衛の数名以外を自分たちの陣地に帰らせ、俺たちと共に町にあるレストランへと向かった。そこで部屋を貸し切りにし、デザートなどを食べながら話を始めた。

「援軍のメインは空軍だが、ある程度の陸兵は船に乗せてあるさ」

「もしテラハレス諸島群の奪還上陸作戦とかあると、歩兵が必要ですから」

ただ、あまり多数の兵をホールミア辺境伯領に送ると、補給で苦労することになる。

そこで、少数ながらも精鋭でアクシデントに対応可能な軍をということで、帝国内乱を潜《くぐ》り抜けた王国軍生き残りと、その指揮官をしていたフィリップ、クリストフ両名に白羽の矢が立ったそうだ。

「厄介事を押し付けられたような気もするが、爵位も上がって将軍にも任命されたからなぁ……」

「私も軍政官に任命されましたし、お仕事ですから死なない程度に頑張りましょうというわけです」

ブロワ辺境伯家の継承争いでは評判を落としたが、後に軍を率いて帝国内乱で活躍した。

領地貴族としては失格だが、軍系の法衣貴族としては戦功を挙げた数少ない実戦経験者ということで優遇されているそうだ。

「エドガー軍務卿の先見《せんけん》の明《めい》ですね」

「エルヴィン、実際にそう思うし世話にもなっているが、エドガー軍務卿も俺たちを拾った判断で評価を受けているさ」

「その評価のために、とりあえず動員もされましたしね」

まあ、その辺は『貴族はお互い様』な部分かもしれない。

フィリップは法衣子爵として、クリストフも法衣男爵になって分割独立し、共にエドガー軍務卿の寄子になったと聞いている。

「あの人、見た目に反して貴族していますよね？」

「あの見た目のせいで脳筋扱いされ、騙《だま》される貴族も多いですからね」

クリストフから言わせると、エドガー軍務卿は間違いなく大貴族だそうだ。

ヴィルマの件とかを考えるに、俺は大分前からわかっていたけど。

「それで、王国の方針はいかがなのです？」

エリーゼが本題を聞こうと、話題をそちらに誘導する。

「それが割れています」

魔族はテラハレス諸島群を占領して基地を作っているのだから、これはもう戦争だという貴族。

元々テラハレス諸島群は無人だし、大陸本土に侵攻したわけではない。防衛の準備を行っている最中でもあるので、ここは一回話し合いをもった方が建設的であろうという貴族たち。

両論に分かれて、現在も会議は続いているとクリストフが説明する。

「陛下は、ご決断をされていないのですか？」

「判断材料が少ないという理由もありますね」

いまいち、魔族側の意図が掴めないというわけだ。

「最初に外交使節くらい送るのが常識なのに、いきなりテラハレス諸島群の占領でしたし。ですが、偵察した情報によれば魔族側の兵数は少ないんですよね……」

艦隊の人員は不明だが、テラハレス諸島群で基地の建設作業をしているのは千人にも満たない人数らしい。

「元々魔族という種族自体の人数が少ないとはいえ、技術レベルはこちらよりも上のはずなのに、なぜかチンタラと作業をしているらしいですし、彼らはなにをしたいのでしょうか？」

「う――――ん」

「こっちも迎撃準備に時間がかかりますし、暫《しばら》くは待機になりそうですね」

互いに外交団や外交使節を出すわけでもなく、魔族の方はテラハレス諸島群でノンビリと基地を建設し、ホールミア辺境伯は迎撃準備の途中。

これでは、俺たちが手を出すわけにもいかない。

なぜなら、俺にそんな権限は一切ないからだ。

「帰りにお土産でも買って帰るか……」

「お土産はやめた方がいいわよ。まだ時間がかかりそうだし」

イーナからまるでお母さんのようなことを言われてしまい、俺たちはお土産の代わりに食材になりそうな魚を買って帰ることにする。

元日本人の俺としては、港町に来て魚を買わない選択肢はないからな。

ところが……。

「貴族の旦那、サイリウスは港町で魚が特産なんだけど、漁船で大型のものは例のテラハレス諸島群偵察に動員されているし、小型漁船だけで得た成果も、このところ軍人さんが多いだろう？　軍隊がみんな買い占めてしまってな。俺らはみんな売れるからいいけどな」

「なんだとぉ――――！」

「伯爵様、そんなに怒ることか？」

「ブランタークさん、他の土地に旅行に来て、そこの名産が食べられなかったら嫌じゃないですか」

「残念には思うが、そこまで強く怒るようなことか？」

漁港に行って直接魚を仕入れようとしたら、ろくな商品が残っていなかった。

鮮魚店のオヤジからその理由を聞いた俺は、地魚が買えないという現実に激怒する。

「エルヴィン、伯爵様になにか言ってやれよ」

『なぜその程度のことで?』と思っているブランタークさんは、エルにストッパー役を期待したらしいが、今の彼は俺側であった。

「ハルカさんが一夜干しを作ってくれることになっていたのに……。一夜干しは、新鮮な魚の方が美味《おい》しいのに……」

「エルさん、ここにある古い魚では、美味しい一夜干しは不可能です」

ミズホ人であるハルカを妻にしたエルは、すでにその胃袋を彼女に掴まれていた。

「そうだよなぁ。干物とか一夜干しは、新鮮な魚を使わないと美味しくないのに……」

「さすがはお館《やかた》様、よくわかっていらっしゃる」

ハルカが俺を褒めるが、伊達《だて》に中身が元日本人ではない。

海に来て新鮮な魚が手に入らないなど、こんな理不尽なことがあっていいのだろうか？

戦争と同じくらい、それは理不尽なことなのだ。

「ううっ……導師もなにか言ってやれよ」

「旅の醍醐味《だいごみ》は、その土地ならではの食材と料理なのである！　サイリウスに来て魚が食えぬとは、酷《ひど》いのである！」

導師も、旅先の食事は楽しみな人だ。

新鮮な魚がないという現実に、俺と同じく激怒した。

「金なら出す！　新鮮な魚を売ってくれ！」

「それが、数少ない新鮮な魚はホールミア辺境伯諸侯軍に卸す契約でして……」

古い魚に当たると困るので、事前に定期購入を頼んできたそうだ。

「領主様のお願いですし、買い叩《たた》かれているわけでもないですし、貴族の旦那の分はないんです」

「なんてこったい……」

「あなた、他のお店をあたっては？」

「奥方様、サイリウスの鮮魚店はみんなうちと同じ状態ですぜ」

ホールミア辺境伯家のみならず、他の、諸侯軍を動員している貴族たちも食材の定期購入を頼み、出遅れた俺たちは新鮮な魚が買えない。

その現実に、俺はガックリと肩を落としてしまう。

「ヴェル、大丈夫？」

「ねえ、少しくらいはないの？」

俺の食に対する拘《こだわ》りを知っているイーナがそっと慰め、ルイーゼは再度、鮮魚店のオヤジに新鮮な魚の在庫を聞いた。

「我々も、今は魚を食べていないくらいですから」

軍隊の胃袋恐るべしである。

いくら漁獲量が減っているとはいえ、サイリウスの魚を買い占めてしまうなんて。

「魚が食えないなんて……。実は見たこともない魔族の連中よりも、ホールミア辺境伯家諸侯軍の方が俺の敵なのではないかと」

「ヴェンデリンさん、その考えは王国貴族としてはどうかと思いますが……」

咄嗟《とっさ》にカタリーナが、俺の危険思想を窘《たしな》めた。

「あたいは旦那の気持ちがわかるな。冒険者として色々な場所に行ったけど、その土地の食材や料理は楽しみの一つだから」

「カチヤもそう思うだろう？」

「たまに、とんでもない地元の料理が出たりするけど、サイリウスの魚は普通に美味しいって聞いたし」

「そうよな。北方の輸入品には少し負けるが、なかなかのものだと聞いたぞ」

元フィリップ公爵であるテレーゼからすれば、故郷で獲《と》れた魚こそが一番なのであろう。

それでも、サイリウスが王国では一番魚が美味しい土地であるという知識は持っているようだ。

「ねえ、ヴェル様」

「どうした？　ヴィルマ」

「どうして自分で獲らないの？」

「え――と、漁業権とかあるからかな？」

ヴィルマから言わせると『魚が買えないのなら、自分で獲ればいいじゃない』ということらしい。

そういえば、彼女と特に仲良くなったきっかけは、魔の森南方の海岸で漁をしたことであった。

ただ、海の漁師は漁業権などについてうるさい。

勝手に獲ったら怒られるどころか、地域によっては密漁者は魚の餌だ。

船は小型のものしか残っていないし、沖合に出てサーペントに襲われる可能性もある。

そう簡単に魚を獲れないのではないかと思っていたのだ。

「漁業権に関しては、会員の漁師を一定数以上雇えば大丈夫ですけど」

彼らに日当を払って漁についてきてもらえばいいと、鮮魚店のオヤジが言う。

思った以上に規則が緩かった。

「漁師って、余っているのか？」

「ええ、テラハレス諸島群の偵察に駆り出された連中は漁ができないので、普段よりも漁師を乗せていません。小型漁船だけでは余る漁師たちが出ますからね」

生活ができないので、今は少ない小型漁船が誰のものであるとかを無視し、順番に乗って漁をしているそうだ。

ただ収入ダウンは避けられず、アルバイトがあれば喜んで参加するであろうと。

「ですが、漁師は余っていても船が余っていないのでは？」

冒険者として長年活躍してきたリサは、年齢相応というか、社会経験が豊富なのであろう。

すぐに、鮮魚店のオヤジが言っていることの矛盾を指摘した。

「若奥さんには敵《かな》わねえな。でも、船さえあれば沖合に一キロも出れば魚は獲れるんですぜ。貴族の旦那の一家が食べるくらいなら、釣り糸を垂らせば十分に釣れますし、サーペントも沖合に十キロ以上行かなければ、まず出ませんから」

「なるほど、船が必要なのか」

ならば話は早い。

俺は早速、漁に必要な船の準備に着手するのであった。

＊　＊　＊

「ヴェル君、その船はどこから？」

「魔法の袋からですが」

「それは今見たけど……お高そうな船ね」

「拾い物ですけどね」

魚が買えなければ、自分で獲ればいい。

ヴィルマの意見に賛同した俺は、自分の魔導飛行船を置いている近くの船着き場に一隻の船を浮かべた。

大きさは三十メートルほど、形は地球のクルーザーに似ている。

魔の森にある地下遺跡から見つけたもので、説明書によるとお金持ちが購入するレジャー用の魔導遊行船と書かれていた。

この船の特徴は、魔晶石に蓄えた魔力でスクリューを動かす点にあると思う。

こういった動力は王国軍や諸侯軍の水軍の一部大型艦艇にしか装備されていないもので、今の技術力だとこの船のような小型船に搭載できないという弱点があった。

研究用だと言われて何隻か魔道具ギルドに売却したが、新しい魔導動力は今回間に合わなかったようだ。

いまだに中・小型船舶の大半が帆と船員の手漕《てこ》ぎで動いている。

だが、船団を組む場合、大型船ばかりが速くても意味がないので、小型の魔導動力を普及させないと戦力アップにはならないであろう。

「自分用の船舶ねぇ……。私の父なんて、川で魚を獲る小さな舟しか持っていないわよ」

アマーリエ義姉《ねえ》さんが育ったマインバッハ領には海がなく、小さな川が流れているだけだという。

舟も、その辺の丸太を削って作った小舟で、それでも領主様しか持っていない自慢の一隻だったそうだ。

「アマーリエ義姉さん、昔のバウマイスター家は舟すら持っていなかったですよ」

「そういえばそうだったわね。でも、いきなり新しい船で大丈夫？」

「ええ、試し運転は当然していますよ」

同じ船ということで、漁に出られず暇そうにしていた漁師たちに先ほどまで練習させていた。

動力が自動なくらいで、船を動かすという点においてはそう違いはないはず。

『帆の操作と、風がない時の漕ぎが必要なくて楽だな』

『売ってほしいくらいだぜ』

漁師たちは一時間ほどの練習で、魔導クルーザーを乗りこなすことに成功した。

さすがはプロというべきであろう。

俺は、船関係の免許は持っていなかったからなぁ。

船はよくわからないのだ。

「その船で、お魚を獲りに行くの？」

「ええ」

漁船ではないので収納スペースは少ないし、網の運用はできないが、釣りをしてその成果を収めるくらいはできる。

自分たちの分だけだと割り切って、早速釣りに行くことにした。

「アマーリエ義姉さんは来ないのですか？」

「私、船酔いが酷いのよ。赤ん坊たちを預かっているから。あと、お魚をお願いね」

「わかりました」

早速、釣り道具と必要な物資を積み、いつもの面子で少し沖合に釣りに出かける。

「こんなことをしていていいのかなと思わんでもないな」

とは言いつつ、漁師お勧めのポイントに到着すると、ブランタークさんは自分の釣り竿《ざお》に仕掛けと餌をつけて投げ釣りを開始する。

「ブランタークさん、慣れてませんか？」

「冒険者ってのは、時に食料を川や海から恵んでもらうこともあるからな。たまに釣りはしていたよ。しかし、いい竿と仕掛けだな」

これも、魔の森にある地下遺跡からの発掘品である。

この世界にもリールは存在したが、造りが原始的なので糸が絡みやすい。

その点、発掘品の釣り道具は日本にあったものと大差ない造りになっている。

初心者や女性でも扱いやすいものだった。

「エルも、気合を入れて釣れよ」

「釣るけど、ブランタークさんと同じでこんなことをしていていいのかなと思う」

「いや、それは大きな間違いだぞ。俺たちはちゃんと軍事行動をしているのだ」

せっかく応援に来たのに、ホールミア辺境伯家やその他諸侯軍、王国軍は俺たちに構っている暇がないらしい。

『なにか状況に変化があるまで、その場にて待機していてほしい』という命令以外は、完全に放置された状態だ。

応援に来たはずが、町で悪さをする貴族の私兵たちがいて、その対応で余計に手間がかかったりしているそうで、雑多な混成軍を纏《まと》めるというのは大変な仕事なのだ。

これは、テレーゼやペーターが散々苦労しているのを見ていたので今さらであろう。

そんな中、迷惑をかけていない俺たちは管理に手間がかからないので基本放置である。

ただ、なにもしないのはどうかと思うので、独自に偵察と食料調達のための行動に出たわけだ。

「食料調達と偵察ねぇ……」

「方便とも言うのである！」

「うわっ！　導師がぶっちゃけた！」

偵察もなにも、ここは港から一キロほどの沖合である。

テラハレス諸島群は遥《はる》か西に百キロ以上も先にあり、魔法を使っても魔族の様子など確認できるわけがないのだ。

水軍が魔族にかかりきりでサーペントへの対処が難しく、代わりに俺たちが対応するという名目もあげてみたが、こんな人が多い港の近くにサーペントが出現するなどまずあり得ない。

食料調達も、別に食料が不足しているわけではない。

西部は王国一の穀倉地帯である。

最近は畜産にも力を入れているので、穀物と肉類に不足はない。

ただ俺が、魚が食えなくて嫌なだけだ。

「暫くなにもできませんから、子供たちの面倒を見ながら適度に息抜きをして万が一に備えた方がいいですね」

「ほら見ろ、エリーゼだってこう言ってるじゃないか」

さすがは俺の妻、実にいいことを言う。

「新鮮なお魚で、しかも釣ったものは別格に美味しいと聞きますし、頑張りましょう」

「そうでさぁ、奥方様。魚は網獲りよりも釣った方が美味《うま》いんですから」

エリーゼの発言に、船を操作している漁師がフォローを入れる。

「網で獲った魚は、網の中で暴れて傷つくからなぁ。実際に、手釣りの魚の方が値が高いのさ。さあ、仕掛けを降ろしてくだせえ」

というわけで、みんなで釣り針に餌をつけて仕掛けを海に投入する。

みんなリール竿に、餌は魚やイカの切り身で、これは漁師たちが準備してくれた。

「なにか、かかったわ！」

一番最初に魚がヒットしたのはイーナであった。

漁師の助言どおりにリールを巻いていき、最後は漁師がタモで掬《すく》って取り入れる。

「アカダイだな。刺身や塩焼きにすると美味しいぜ」

見た目はマダイそのものなので、食べれば普通に美味しいと思う。

「早速、締めてくれ」

「貴族の旦那は魚に詳しいんだな。任せてくれ」

漁師は釣ったアカダイのエラと尻尾を切り、冷たい海水で血抜きをする。

「ヴェル、生かしておいた方が美味しいんじゃないの？」

「それは誤解だな」

観光客や富裕層向けに生簀《いけす》に泳がせた魚を調理して出すレストランがサイリウスにも存在してい

る。

新鮮な魚が食べられるとあって、ボッタクリに近い値でも大人気だそうだが、一応食品を扱う商社にいた俺に言わせると、それはただの幻想である。

「餌もやらずに狭い生簀で無理やり生かしているんだ。川魚の泥抜きとは違う。味は当然落ちる。見た目が生きているから、新鮮で美味しいと錯覚しているだけ」

すぐに締めて血を抜き、それが終わったら内臓とエラを素早く除去する。

あとは冷やしてから、魔法の袋に入れるだけであった。

「貴族の旦那は締め方にも詳しいんだな。俺らは商売だから、無理に生かして生簀に運ぶけどよ。貝やエビ、カニは生かさないと駄目だから同等に思われているのかもな」

「ふっ、任せてくれ」

「ヴェルって、食べ物のことには詳しいのよね」

「なにか引っかかる言い方だな」

「だって、貴族の名前なんかはなかなか覚えられなくて、ほとんどエリーゼ頼りじゃないの」

イーナに事実を指摘され、俺は思わず顔を引きつらせてしまう。

元日本人である俺から言わせると、この世界の貴族の名前は面倒で覚えにくいのだ。

昔から、人の名前を覚えるのは苦手だったけど。

「それよりも、沢山釣ろう！」

俺にとって本当に必要な貴族なら、自然にその名を覚えるはずなのだ。

それができないということは、その貴族は俺には必要ない。

と思うことにして、俺たちは釣りを再開する。

「あなた、釣れました」

「ソコゾコだな」

エリーゼは、大きなヒラメを釣った。

ちなみに、ソコゾコとはヒラメの地方名のようだ。

フィリップ公爵領や王都とは呼び名が違っていた。

「ボクのは結構大きいよ」

「大きいブーリだな。これも塩焼きにすると最高だ」

ルイーゼは、巨大なブリに似た魚をゴリゴリとリールを巻いて釣り上げた。

相変わらず、見た目からは想像もつかない怪力である。

「釣れた」

「ヴィルマのも大きいね」

「ゴーチか。高級魚だぜ」

ヴィルマも、一メートル近いマゴチに似た魚を釣ってご機嫌だ。

それにしても、大物ばかりよく釣れるな。

「ヴェンデリンさんは、釣れていませんわね」

「そう言うカタリーナはどうなんだ？」

「数は釣れていますわよ」

反対側で釣っているカタリーナは、四十センチほどあるサバに似た魚を次々と釣り上げている。

「爆釣だぜ！」

「面白いように釣れるの」

カチヤとテレーゼもよく釣れていた。

「サバですね。味噌《みそ》煮とシメサバにしましょう」

「奥方様、サイリウスではサッパって言うのさ」

補佐をしてくれる漁師は、なぜか地方名に拘っているようだ。

そこは譲れないようで、意外と郷土愛が強いのかもしれない。

「釣れると面白いものだな」

夫婦で釣っているエルとハルカも、大きなサバが大漁であった。

ハルカが味噌煮にすると言っているから、俺もあとで分けてもらおう。

「新鮮だと、刺身でもいけますぜ」

と言いながら、漁師はサバを頭から折って血を抜き、内臓とエラを素早く取り除く。

「胃を食い破る寄生虫がいるのもあるんですが、内臓をすぐに取れば大丈夫でさ。エラも素早く取らないと鮮度が落ちやすすからね」

これも、冷海水を使って素早く処理する。

サバは庶民向けの安い魚なので、網で獲っている時にわざわざこういう処理はできない。

町で売っているものは、加熱調理が基本なのだそうだ。

なお、この冷海水の提供者は『ブリザードのリサ』の二つ名を持つリサであった。

彼女の手にかかれば、冷海水など余技で大量に作れるのだ。

「こんなに冷たい海水を大量に作れるなんて、魔法使いは羨《うらや》ましいですな」

「いつもは、普通の海水で処理するので時間が勝負なのに」

漁師たちには、そう簡単に魔法の袋など用意できない。

獲った魚の鮮度が落ちないように、常に時間との勝負なのだそうだ。

「生かして持って帰るにしても、船の生簀の関係で数を入れられないし、半分以上死んでしまいますしね」

「鮮度の差ですか？」

「ええ、奥方様。王都の王侯貴族様向けに、港でこちらの帰りを待ちわびている商人もいますし」

漁を終えた馴染《なじ》みの漁船に駆け寄り、処理をした魚を素早く魔法の袋に仕舞って王都へと向かう商人がいるそうだ。

そんな彼らが卸す魚よりも、今の俺たちは鮮度がいい魚を得ているわけだ。

「いくら魔法の袋が魚の腐敗を防ぐとはいえ、外に出してから調理に時間をかけて駄目にする料理人もいます。魔法の袋に入れるとはいえ、貴族の旦那の仰《おつしや》るように、先に締めて処理をした方がいいんでさ」

どのみち、生きた魚は魔法の袋に入れられないので締めなければいけないのだ。

「ふ――――ん、そうなのか。色々と詳しい割には、伯爵様は釣れてないよな？」

ここで、ブランタークさんが一番痛いところを突いてくる。

みんなは続々と魚を釣り、それを漁師たちが次々と処理をして魔法の袋に入れていくが、なぜか俺だけ一向にアタリがなかったのだ。

「そう言うブランタークさんはどうなんです？」

「俺か？　普通に釣れているけどな」

「魔法使いの旦那は、アージが大漁ですな。刺身、塩焼き、開いて干物にしても最高ですぜ」

「酒の肴《さかな》にもいいな。いっぱい釣るか」

最初は『釣りなんてしていていいのか？』とか言っていたブランタークさんであったが、次々とアジに似た魚を釣り上げて、それを漁師たちが素早く処理していた。

地方名も似ているから、アジなのであろう。

地球にいるアジとは微妙にヒレの形や模様が違うので、一〇〇パーセント必ずそうだと断言できないのがもどかしかった。

「まずいな……」

どうも釣果を見るに、ここは魚影が濃いポイントのようだ。

それなのに、俺だけがアタリすらなくボウズであった。

「これは、バウマイスター伯爵としての沽券に関わるのでは？」

「ヴェル、釣りじゃなくて、もっと貴族らしいことで沽券とか気にしろよ」

エルが随分と失礼なことを言うが、俺からすればほぼ全員釣りの素人。それなのに俺だけがボウズではやはり沽券に関わるというものだ。

そこに、この世界の貴族の常識など関係ないと断言しよう。

「また釣れました」

「みんな、大漁ね」

「一人だけ、一匹も釣れていない人がいるけどね」

事実なだけに、ルイーゼの容赦ない一言が俺の胸に突き刺さる。

「しかし待てよ。そうだ！　導師がいたじゃないか！」

同じく魚が一匹も釣れていない仲間がいたことで、俺は安堵《あんど》する。

限りなくレベルが低い考え方だが、それでも今の俺には吉報だ。

「きたのである！」

「なにぃ！」

ただし、俺の安堵はわずか数秒で消え去ってしまう。

「バラせ！」

「ヴェル、お前……」

「ビリは嫌なんだよ！」

いくらエルにバカにされようとも、一人だけボウズは嫌なのだ。

「釣れたのである！」

導師はかなり巨大な魚を釣り上げたが、魚体を見た漁師は首を横に振る。

「デカイ貴族の旦那、それは肉も内臓も毒で食えませんぜ」

漁師はタモで掬った魚を、すぐに海に捨てる。

「万が一にも食えるという可能性はないのであるか？」

「いえ、本当に毒魚なので……少量でも食べると死にますから……」

導師のあまりの迫力に、さすがに逞《たくま》しい漁師たちもタジタジになって答えていた。

「導師、プロの意見は受け入れろや。また釣ればいいじゃないか」

「仕方ないのである」

ブランタークさんに注意され、導師は再び仕掛けを海に投げ入れた。

すると、あっという間に次の魚が釣れてしまう。

「普段の行いの良さであるな！」

「（なぜ導師は、自分の普段の行動にそこまで自信があるんだ？）」

エルの酷いツッコミが耳に入るが、確かに導師の自信の根拠はわからなかった。

あえて言うのなら、『導師だから』なのかもしれない。

「これも大きいのであるな！」

「デカイ貴族の旦那、これも駄目でさぁ」

「毒魚なのか？」

「いえ、毒はないんですけど、もの凄く不味《まず》いんです。猫にやっても絶対に食べないくらい……」

通称『ネコ逃げ』とも呼ばれる、道端に落ちていても誰も見向きもしない魚なのだそうだ。

「いや、もしかしたら食べられるかもしれないのである！」

導師は針から外したネコ逃げに直接かぶりついた。

生だが、新鮮なので導師ならお腹は壊さないであろう。

というか、こういうことをしても、すでにエリーゼですら心配しなくなっていた。

するだけ無駄というか、慣れてしまったのであろう。

「導師、美味しいですか？」

「不味いのである！」

なんでも美味しそうに食べてしまいそうな導師ですら、ネコ逃げだけは無理らしい。

齧《かじ》った跡の付いたネコ逃げを、フルパワーで遠方に放り投げる。

「伯父様、あまり無駄な殺生は……」

いくら不味い魚でも、無駄に殺すのはよくない。

エリーゼが宗教的な理由で、導師に苦言を呈した。

「奥方様、ネコ逃げはあの程度では死にませんよ。釣りあげて水のないところに数時間放置しても死にませんし」

驚異の生命力を持つが、残念なことにどう調理しても不味いそうだ。

「まあ、釣れたのでよしとするのである」

導師のその発言は、間違いなくアタリすらこない俺に向けられたのであろう。

「なんじゃ。ヴェンデリンは一匹も釣れておらぬのか？」

「今日は調子が悪いのかな？」

「調子は関係ないのではないか？　ここは魚影が濃いポイントのようじゃし」

俺も釣りは素人だが、子供の頃には今もまだ元気なはずのお祖父《じい》さんに釣りに連れていってもらったし、中学生の頃にはバス釣りに行ったこともある。

商社員時代にも、何度か接待で釣りに行った。

そのすべてでボウズなど一度もなかったというのに、なぜ今日はアタリすらないのであろうか？

「でも大丈夫さ。俺はこの海域の主《ぬし》を釣るから！」

昔、日本にいる方の父が読んでいた釣り漫画にもあった。

主人公が最終的に、その釣り場の主を努力して釣り上げるのだ。

「主？　ここは魔物の領域なのか？」

「違うけど、こういうポイントで釣りをしていると、ボス的な巨大魚がいるんだよ」

俺は、某《ぼう》釣り漫画のストーリーを懸命に説明する。

「それは単純に大きい魚が釣れただけであろう？　なぜその魚が主だとわかるのじゃ？」

「一番大きいから」

「もっと大きな魚がいるやもしれぬではないか」

やはり女性には、○平君の素晴らしさはわからないようだ。

とても残念である。

「とか、話をしている間に！」

ようやく俺にもアタリがきた。

だが、ここで無邪気に喜んだり、大騒ぎをしてはいけない。

これは当たり前の結果だからだ。

「大きいな！」

もの凄いヒキで、魚も大きそうだ。

ならば、余計に焦ってバラす事態だけは避けなければならない。

これが最後のチャンスだと思い、慎重にリールを回していく。

「本当に大きいみたいだな」

竿のしなり方に、ブランタークさんもかかった魚の大きさを認めたようだ。

「最後の最後に一番の大物を釣り上げる。素晴らしきかな！」

などと思っていると、突然さらに竿が重くなった。

その後は、どうリールを巻いてもビクともしない。

「ヴェル、根がかりか？」

「いや、タナは底じゃないぞ」

いくらリールを巻いても、まるで地面を釣っているかのようにビクともしない。

不思議に思っていると、ようやくその理由が判明した。

ラインが緩んだと思ったら、水面から徐々に巨大な物体が上がってきたのだ。

そして、その正体に漁師たちが驚愕《きょうがく》する。

「なんでこんな港から近い海域に？」

「サーペントだ！」

水面からサーペントが巨大な顔を出し、こちらを恨めしそうに見ている。

その口の端からは、俺の釣り竿から出ているラインが垂れていた。

「つまり、ヴェルが釣った大物を、あのサーペントが丸呑《の》みしたんだね」

「そして、口内に刺さった針に不快を感じ、その原因である旦那様に怒り心頭と」

ルイーゼとリサの推論どおりであろう。

サーペントは、新たな標的を俺たちにしたようだ。

「貴族の旦那ぁ！」

「逃げないと！」

漁師は儲かるが、非常に危険な商売である。

遭難しても、遭難しなくても、たまに遭遇するサーペントに運悪く食われる者がいるからだ。

「俺の大物……」

ところが俺は、サーペントの驚異などまったく感じていない。

それよりも、せっかくの大物を横取りされた事実に大きな怒りを感じていた。

「お前のせいでボウズじゃないか！」

サーペントは大きな口を開けて俺たちに襲いかかろうとしたが、すかさず海水で作った巨大な槍《やり》を口内に突き刺し一撃で葬った。

「貴族の旦那、すげえ……」

漁師たちは驚いているが、サーペントは竜よりも弱いし、これで二匹目だ。

大したことじゃない。

「魚じゃないけど……いや待てよ！」

もしかすると、サーペントの胃の中に魚が残っているかもしれない。

俺は殺したサーペントを氷漬けにしてから魔法の袋に仕舞い、急ぎ港へと戻るのであった。


「ううっ……。あの腐れサーペントめ……」

港に戻ると、早速漁師たちを集めてサーペントの解体を行った。

ウロコ、肉、内臓、骨などはすぐに噂《うわさ》を聞きつけた商人が買っていく。

それはいいのだが、肝心の胃袋を開けてみると、そこには全長二メートルほどの巨大な魚が、半分胃液で溶けた状態で入っていたのだ。

「貴族の旦那、惜しい獲物をサーペントに横取りされましたな」

魚は、九州などで高級魚扱いされるクエに似ていた。

「クエルでこの大きさは滅多に出ませんぜ。刺身に、塩焼きに、鍋にも最高でさ。これは食えませんが……」

「ある程度、原形が残っているぞ」

「サーペントの胃液に浸《つ》かった魚は駄目ですぜ。お腹を壊しますから」

「なんだとぉ――――！」

せっかく、一番の大物な上に珍しい高級魚を釣ったのに、それがサーペントに食われて駄目になるなんて……。

こんな不幸があってもいいのであろうか？

「あなた、サーペントが釣れたではありませんか」

「でも魚じゃないし……」

俺は魚が釣りたかったのだし、サーペントは結局魔法で退治された。

これを釣ったと言うのは、真実ではないと思うのだ。

「ヴェルが言うところの、主が釣れたじゃないか」

「お館様の執念が実ったのでは？」

「違うんだ！　俺の言う主は、魚じゃないと駄目なんだ！」

サーペントは魚じゃない。

俺は、エルとハルカに強く反論した。

サーペントは動物のカテゴリーなので、いくら大物でも外道である。

釣り人は、外道をもっとも嫌うものなのだから。

「でもよ。この町の商人たちは大喜びだぜ」

船舶不足で漁獲量が落ち、その大半を駐留している軍人に買い占められている現在、普段でも年に数頭しか上がらないサーペントが最高の状態で水揚げされたと知って、みんな喜んでウロコや肉を買っている。

漁師たちが解体した部位を、商人たちがオークションで次々と競り落としていたのだ。

それは彼らに臨時報酬を出して任せるとして、問題は俺だけ魚が一匹も釣れなかった件だ。

「ちくしょう！　明日こそは、沢山釣ってやるんだからな！」

「明日も行くのか？　伯爵様」

「食料調達のための軍事行動ですから！」

「そこは強硬に言い張るんだな……ツマミが手に入れば、俺は別に構わないけど……」

「釣りは楽しいのである！」

「導師はな……」

俺は、ホールミア辺境伯がなにも言ってこないのをいいことに、明日からも食料調達という名の釣りに出かけることを決意するのであった。

第二話　戦闘はないが、話はなかなか進まない

『アーリートン三級将、基地の建設は予定どおりかな？』

「はい」

『ならばいい』


ここは、人間たちがテラハレス諸島群と呼ぶ無人島群の上空だ。

ここから東に百キロほど、リンガイア大陸西部に領地を持つ貴族が領有を主張していると情報にあった。

先日、防衛隊の船に魔法を放って拿捕《だほ》された大型魔導飛行船の船員から得た情報だが、確かに島には粗末な灯台や掘立て小屋が見える。

ただし、ここでは穀物類が自給できない。

水も相当深くまで井戸を掘らないと確保できず、そのため無人島のままのようだ。

「ゲーリー政務官、いつになったらヘルムート王国と交渉を開始するのでしょうか？」

『それは、高度に政治的な判断を要するから、もう少し待ってほしい』

テラハレス諸島群に浮かぶ我が国の空中艦隊の旗艦において、私、艦隊司令官のアーリートン三級将は、『魔導絵通信』で政府高官への定時報告を行っていた。

「高度に政治的判断ですか……」

魔導絵の向こうで政務官はそう言っているが、実は、ただどうしていいのかわからなくて混乱しているだけである。

このゲーリー政務官は、見た目は二枚目で女性にも人気がある。

前回の選挙では野党民権党から出馬し、多くの女性票を集めて当選した。

一年生議員にもかかわらず防衛政務官の地位にあるのは、ひとえに得票数の多さからである。

前回の選挙は投票率が二〇パーセント以上も上がって野党民権党が大躍進して政権を取った。

これまで六百三十年にも及ぶ長期政権を握っていた国権党は、特に失政もなかったが長期にわたる魔族の衰退を阻止できなかったという理由で選挙に大敗、大幅に議席を失ったのだ。

国民も、なんらかの変化が欲しかったのであろう。

だが、政権を奪った民権党には実務能力がある者が少ない。

人前に出ればウケのいいことは言えるが、ではそれを実現可能かと言われると厳しい。

例の事件が、新内閣を成立させてわずか一週間後であったという、時間的なタイミングも悪かった。

一万年も前に高度な文明を消失した人間たちが、原始的な社会で野蛮にも争っている土地、と言われていた東部大陸から一隻の巨大魔導飛行船が現れた。

すぐに決まりに従って領海・空からの退去を命じたのだが、なぜかその巨大魔導船から魔法が飛んできたため、その船を拿捕するしかなかった。

幸い死者は出なかったが、若干の負傷者は出ている。

治療はとっくに終わっていたが、彼らへの尋問では大いに苦労した。

なにしろ我々には、他種族人間と接した記録が一万年以上も皆無だったからだ。

先に相手が魔法を撃ってきたので、彼らは戦闘による捕虜という扱いである。

だが、我が国に捕虜をどう扱うかという法はない。

昔はあったのだが、必要がなくなりすべて廃法になっていたのだ。

交渉相手もいないので、同時に外務省も解散、廃止している。

そんな理由もあり、彼らをどう扱うのか、どこの役所で管理して事情を聞くのかで世論が揉《も》めた。

扱いはそう悪くないはずなのに、勝手にマスコミが捕虜への人権侵害とかで騒ぎ始めた。

まあ、彼らは騒ぐことで世論の関心を得て商売にしている。

普段から河川の工事などで、そこに住むメダカが希少種だから絶滅しないように配慮しろ、とか言っている連中の同類だ。

話半分で聞いている民衆たちも多かったが、鵜呑《うの》みにして騒ぐ者たちもそこそこいた。

彼らに言わせると、人間は魔力を持つ者も少なく寿命も短い可哀想《かわいそう》な種族らしい。

確かにそういう面もあるのであろうが、多少文明レベルが劣る程度で我らとそう変わりはないのではないだろうか。

私も訊問《じんもん》に参加して、それがよくわかった。

艦長と副長を名乗る二人の人物は冷静に事情を説明した。

こちらに伝える情報と、伝えるべきでない情報を理性的に判断して話しているようで、私は彼らに好感すら持った。

同じく真面目に職務にまい進する者として、尊敬の念すら覚えている。

少なくとも、この定期的に無意味な通信を寄越す顔だけ政務官よりは好感度は上だ。

一方に、あの巨大魔導飛行船には救いようのないアホもいた。

もう一人の副長だ。

能力は低くないと思うのだが、まだ若いせいか堪忍が足りない。

自分は貴族の跡取りでこの待遇は我慢できないと騒ぐ。

向こうの大陸には貴族がいるそうで、中にはこのような特権意識の強い若造もいるようだ。

我が国でも、政治家や大物官僚、大企業のオーナーの親族というだけで無意味に威張っている者がいるので、それは同じかもしれないが。

ただ、一部国民とマスコミに言わせると、ヘルムート王国はいまだに貴族の専制が蔓延《はびこ》る野蛮な国家なのだそうだ。

同じ考えを持つ記者が、新聞にそう書いていた。

そういう連中が、今こそ大陸に進軍して民主主義の大義を広めるべきとか言っている。

お題目は素晴らしいのだが、我々は大陸にヘルムート王国とアーカート神聖帝国という国家があること以外、人口とか、技術レベルとか、国力とか、軍事力とか、そういう情報をなにも知らないのに軍を押し進めろとか騒いでいるのだ。

自分が行かないからといって、随分と無責任な連中である。

そもそも我が国の防衛隊は、正式には軍隊ではない。

一万年以上も仮想敵国といった実体がなかったので、内乱勢力に備えた治安維持組織でしかないのだ。

魔族という種族にはたまに莫大《ばくだい》な魔力を持って生まれ、とてつもない戦闘力を有する者が現れる。

そういう連中が国家転覆やテロを目論《もくろ》むと困るので、彼らに対する防犯が主な任務というわけだ。

あとは、通常の犯罪に対する治安維持隊、消防とレスキューを合わせた救護隊などがあるが、それらを合わせても三万人もいない。

魔族の人口は百万人ほどだが、最近では大規模凶悪犯罪もテロも滅多にない。

そのため、装備の更新に金がかかると文句を言われて、現在では人員も縮小傾向にあった。

この人数で、大陸全体をどうやって占領・統治すればいいのだ。

あまりにもバカすぎる意見であったが、困ったことにこの魔導絵越しのバカを含む民権党の連中には大陸侵攻論——侵攻という言葉はよくないそうで、解放論らしいがどちらでも同じだ——を唱える勢力が一定数いる。

加えて、野党に転落した国権党の議員にも、部数を増やしたいマスコミ関係者にも、財界人にもシンパはいた。

マスコミは民主主義を大陸の人たちに教えるため、公器である新聞が必要だと言うのだ。

ただ販売部数を増やしたいだけのような気もするが、彼らはその本音を覆い隠して建前を真実だと思い込むことができるのであろう。

正直、羨《うらや》ましい限りである。

商売のパイが広がるかも、という財界の正直な意見の方が、まだ理解できる。

もっとも、国民の大半は冷静で冷めた目で見ている。

だからこそ、こんな中途半端な出兵になっているわけだが。

相手の領地ではあるが、実効支配が及んでいないこの諸島に臨時で基地を作って圧力をかけ、相手に先制攻撃を謝罪させて通商条約を結ぶ。

さすがに、すぐに戦争というほど政府はバカではなかった。

戦力がないので、防衛隊の制服組に反対されたのであろうが。

もっとも、相手への謝罪の要求と通商条約の締結には外交官が必要なのだが、生憎《あいにく》と我が国は外務省を二千年も前に廃止している。

当時、必要がないのに存在し続けていると批判され、予算が無駄だと言われて廃止したらしい。

組織を潰《つぶ》される外務省の連中は反対したそうだが、彼らには仕事がなくて他の省庁の応援に回っていたくらいであったそうだから、廃止されても仕方がなかったのであろう。

そんなわけで、一応、外交のノウハウを記載した古文書は残っているわけだが、今度は誰が行くかで揉めている。

経験がないので及び腰なのかと思いきや、各省庁で主導権争いを始めて、しっちゃかめっちゃかで混乱しているそうだ。

今日もゲーリー政務官が無駄に爽やかな笑顔で誤魔化しているが、防衛大臣が顔を出さないということは、まだなにも決まっていないのであろう。

「それで、極秘裏に来ているヘルムート王国の外交使節なのですが……」

ヘルムート王国には、仮想敵国であるアーカート神聖帝国が存在する。

当然、外交担当者はいて、十名ほどの使節団がこちらを訪ねていた。

極秘で、今は我々防衛隊が預かって歓待している。

時期が来れば本国に送ると言っているが、それがいつになるのかは不明だ。

しかし、奇妙な話だ。

政治家やマスコミの連中の大半は、彼らを技術も文化も劣る野蛮人だと思っているが、その野蛮人はすぐに外交使節を送ったのに、我が国はいまだそれを出せずに混乱している。

これでは、どちらが野蛮人なのかわかったものではない。

『どうせ、基地の建設にも時間がかかるのだし……』

「そうですね……」

もう一つ困ったことがある。

この諸島に建設中の基地の件だ。

最初は、すぐに撤去可能な仮設基地にする予定であった。

ところが、政府がコロコロと方針を変えるのだ。

せっかくだから、ここを大陸進出の橋頭堡《きょうとうほ》としようと騒ぎ出した。

ヘルムート王国が大軍で迎撃準備を始めている今、こちらが恒久的に支配しようとしたら戦争になってしまう。

元から、防衛隊はこの諸島の占領作戦に反対だった。

受けざるを得なかったのは、防衛隊はシビリアンコントロールの下にあるからだ。

つまりは、政府の命令には絶対に従わなければいけない点にあった。

それは別に構わないと思う。

古代の歴史にある、軍閥による軍事独裁政治など悪夢であろうから。

ただ、コントロールする以上は、せめてその知識は最低限得てきてほしいと思う。

ちなみに、いま魔導絵通信に映っているバカは、海上艦艇と空中艦艇の区別すらいまだについていない。

有事の際、このバカが防衛隊のナンバー3なのだと思うと頭が痛くなってくる。

『青年軍属たちは元気かね？』

「はあ……」

そして、基地建設の作業を大幅に遅らせている存在、それがこの青年軍属たちである。

ここ数百年、我が国は未婚率の増加に伴う少子高齢化、経済の縮小に悩んでいる。

まあ、若者の半分が無職という現実を考えるに、これは仕方がないのかもしれない。

ただ、当の若者たち自身はそこまで悩んでいなかった。

少人数で高度な農業を行えるため、余りに余っている食料は無料で支給され、これに小遣い程度の生活保護もある。

加えて彼らは、たまにアルバイトに出かけたり、趣味などに没頭して意外と無職生活を楽しんでいるからだ。

これが年寄りたちに言わせると言語道断らしいのだが、どう考えても職が足りないので、騒ぐだけ無駄である。

そしてこの矛盾を誤魔化すために、政府は青年軍属を募集した。

つまり、防衛隊の戦力が足りないので、外の世界に興味がありそうな無職の連中を募集し、基地建設の作業を行わせることにしたのだ。

その結果、彼らのせいで作業は遅れに遅れている。

理由は言うまでもない。

彼らが就業経験の少ない素人だからだ。

技術がある少数の防衛隊員たちが彼らの警備にまわり、建築についてなにも知らない素人たちが、試行錯誤で基地の建設を行っている。

あまりの作業の遅さに激怒する将兵もいたが、彼らに労災が発生すると政府がうるさい。

よって、自然の流れに任せることになった。

どうせ暫《しばら》くは完成しないだろうと、完成予定時期を遅めに申請してよかった。

我々が青年軍属のせいで基地の完成が遅れていますなどと言い訳しても、政府は激昂《げっこう》して我々を処分するだけだからだ。

本当、上から物を言うだけの政治家連中は気楽でいい。

『彼らは未経験者なのだ。長い目で見てあげてくれ』

「はあ……」

別にそれは構わないのだが、中には経験以前の奴がいる。

ろくに作業もしないで、島の地質がどうの、生態系がどうのと調査をしているのだ。

彼らは大学院の卒業生たちで、その分野の研究を行っているらしい。

大学の自治組織は、民権党の牙城で支持母体でもある。

青年軍属制度にかこつけて、無料で研究をしようという腹なのであろう。

「(まあ、彼らは逞《たくま》しくて、ある意味感心するがね)」

それに、あまり立派な基地ができると政府のバカたちが余計なことを考える可能性もある。

その意味では、基地建設の遅れは好都合かもしれない。

第一、青年軍属たちが素人なのは理解できるが、防衛隊のナンバー3が政治に素人なのはどうなのであろうか？

政治家に素人などいらないと思う私は、おかしいのであろうか？

「（あんたは、どう長い目で見ても無能だろうがな……）」

『なにか言ったかな？　アーリートン三級将』

「いいえ、特になにも」

危うく、呟《つぶや》きを聞かれるところであった。

聞かれてもいいような気もしてきたが、ここで懲罰の対象にでもされたら退職金と年金が消えてしまう。

ここは我慢の一手だ。

『基地が完成する頃には交渉も始まるはずだ。ヘルムート王国側が先に手を出したのだから謝罪するであろうし、通商交渉が纏《まと》まれば景気もよくなるさ』

「そうですね」

そんなに上手《うま》くいけばいいのだが……。

私は、こののんき気な政務官が次第に羨ましくなるのであった。

＊　＊　＊

「貴族の旦那、今日も大漁でしたな」

「ああ、食べる分は確保して、あとは売却だ。今日も臨時ボーナスが出せそうだな」

「みんな、喜びますぜ」


暇潰しに漁を始めてから一週間、いまだに事態は動かない。

ホールミア辺境伯もなにも言ってこないので、俺たちは自由に行動している。

そして俺は、初日の雪辱を果たすために漁を続けている。

サイリウス周辺に敵がいないかの偵察、食料調達を兼ねた軍事行動と称して、一日一回漁に出ていたのだ。

ただ、俺たちには赤ん坊の世話を含め他にもすることがある。

数時間ほど沖合で釣りを行い、他にも魔導動力推進のボートが数隻あるので、それらを漁師たちに貸したりもしていた。

彼らはすぐに船の操作を覚え、定置網漁や、はえ縄漁などに出かけた。

船の権利は俺にあるのでオーナーとして漁師たちに日当を払い、獲《と》った獲物はオークションに流し、売り上げに比例して決められたボーナスを出す。

この方法でも、彼らは収入が増えて嬉《うれ》しいようだ。

「貴族の旦那がこの船を売ってくれればもっと嬉しいんですがね」

「残念だけど、それはできないな」

彼らはバウマイスター伯爵領の領民ではないので、それはできない。

その辺の線引きは絶対に必要であった。

「残念です。それにしても、貴族の旦那は漁師姿も板についてきましたな」

網を使わずに釣り竿《ざお》で釣るスタイルに変化はなかったが、初日とは違って魚が沢山釣れるようになった。

最近では、少し日焼けして逞しく見えるようになったほどだ。

「すいません、あなた。私は日焼けは……」

「私も駄目」

「ボクも」

「お肌に悪い」

「日焼け止めは必須ですわね」

「妾《わらわ》はあまり気にせぬが……」

「あたいもだな。昔から気にしたことはないし」

「私は気にしていました」

一部例外もあるが、俺の妻たちは念入りに日焼け止めを塗って船に乗り込んでいる。

それでも、魚が大量に釣れて面白いので、特に用事がなければ毎日ついてきた。

「今日はブーリ大根を作りましょう」

「いいなぁ。俺は大好き」

エルとハルカは、子供が生まれても新婚夫婦のように仲良く釣りについてくる。

俺たちの護衛も兼ねているので、当たり前ではあるのだが。

「新鮮な魚料理は美味《おい》しいのである！」

導師も相変わらずだが、彼も王宮筆頭魔導師のくせにホールミア辺境伯や王国軍に呼ばれもしない。

やはり、平時には役に立たないと思われているのであろうか？

今は平時とは言いにくいが、つまり事務的なことでは、導師は役に立たないと思われているのであろう。

そして、ブランタークさんであるが……。

「伯爵様、毎日漁師みたいな生活で本当にいいのか？」

俺と一緒に毎日釣りをして、釣った魚をエリーゼたちに調理してもらう。

そして、それを肴《さかな》に一杯。

彼は、こんな自堕落な生活でいいのかと悩んでいるようだ。

「とはいえ、向こうはなにも言ってきませんし……」

フィリップとクリストフも、暇なので訓練ばかりしているらしい。

敵がいるのになにもできないと、こちらに魚を買いに来た時に愚痴を零《こぼ》していた。

「それに、釣りでもしていないと大変ですよ。ブランタークさんが俺の代わりに相手してくれますか？」

「いいや、御免蒙《こうむ》るね」

暇なのが余計によくないらしい。

毎日多くの西部貴族たちが、茶会だの、食事だのに俺を誘うのだ。

目的は、領地開発利権にもっと絡ませてほしい……といったところであろう。

さらに、そんなところにノコノコ行くとまた側室や愛人を押し付けられる可能性があった。

「よって、この魚の補給は絶対に毎日しないと駄目です」

漁師たちに船舶まで貸して、不足する魚を確保している。

魚の補給の解決に貢献しているので、これは十分に軍事行動に当たるはず。

そう、俺は軍の食料補給に貢献しているわけだ。

だからとても忙しいので、他の貴族たちに会っている暇はないんだよな。

「それはわかるけどよ。伯爵様は、絶対に好きでやっているだろう？」

「はい」

「そこは、表向きは否定しろよ……」

俺の身も蓋《ふた》もない返答に、ブランタークさんがため息をつくのであった。

ただ彼も、毎日美味しい肴を得るために釣りはやめないのであったが。

＊　＊　＊

「補給作業が忙しいな」

「バウマイスター伯爵は漁師みたいになっているし、今回の紛争はどうなっているんだ？」

漁を終え、赤ん坊たちにミルクをあげて寝かせた後、今日は夕食会を開いた。

あまりになにも状況が動かないので、フィリップとクリストフを呼んで情報交換を試みたのだ。

相変わらず着陸させた船内での生活なので、客はあまり呼んでいない。

二人と、彼らの部下、あとは彼らに新しく出来た寄子《よりこ》たちだそうだ。

「もう寄子を？」

「帝国内乱で褒賞を受けた貴族は俺だけじゃないのさ」

一緒に戦った中で、貴族の次男、三男で食うために軍人をしていた指揮官クラスが数名、一緒に騎士爵を貰《もら》って法衣貴族として独立、そのままフィリップの寄子になったそうだ。

「あっという間に出来上がる柵《しがらみ》……」

「バウマイスター伯爵、そう思っても口に出すな。俺だって戸惑ったんだ」

「えっ？　元は大貴族の息子なのに？」

「俺が細やかに寄子たちを把握していたと思うか？　そういうのはクリストフの担当だったんだよ」

軍人肌の長男、内政官肌の次男だったからなぁ……。

「それは駄目なんじゃ？」

「フィリップ兄さん、一応、形だけでも色々ちゃんとしている風にしていてください」

フィリップは、クリストフに釘《くぎ》を刺された。

確かに、貴族として必要なことをなにもしていなかったとカミングアウトするのはよくないか。

「人に言うほど、バウマイスター伯爵も寄子たちに細やかな配慮とかしてないだろうに」

「まあ、してないけど……」

していないな。

みんな、ローデリヒに丸投げだ。

「今はやっているぞ。みんな、俺が頼りだからな。法衣騎士なんて吹けば飛ぶくらいの存在だからな」

昔とは違って、今は自分が面倒を見てあげないと駄目らしい。

フィリップは、共に帝国内乱で苦労した部下たちの面倒をよく見て慕われているようだ。

「俺とクリストフもエドガー軍務卿の寄子で世話になっているからな。その点はありがたいし楽だな。その代わり、こうしてバウマイスター伯爵と情報交換に努めたりするわけだが……。お礼にこちらも情報を渡そう」

二人の寄親《よりおや》であるエドガー軍務卿からの情報では、王国側は実はすでに極秘裏に外交使節団を例の魔族艦隊に送り込んでいるらしい。

だが、一向に交渉が始まらず、艦隊内に留《とど》め置かれているそうだ。

「監禁されている？」

「わからん。定時通信は普通にできるそうだし、用事があるのなら戻っても構わないと向こうの司令官に言われたそうだ」

「いい条件で交渉しようとジラしているのかな？」

こちらが外交使節団を送ったのだ。

普通なら、すぐに責任者が対応するはず。

「王宮でも判断がつきかねてな。中には『我がヘルムート王国を舐《な》めている！　すぐに攻撃開始だ！』とか騒ぐ貴族もいて……まあプラッテ伯爵たちなんだが……」

「あいつかよ……」

自分の跡取り息子が巨大魔導飛行船『リンガイア』の副長だから、彼を取り戻すためには戦争も辞さないと吠《ほ》えているようだ。

親バカも極まれりだが、俺もフリードリヒが同じ目に遭ったらああなるのであろうか？

「A情報は、バウマイスター伯爵のところのローデリヒから来ているから、なにもわからなくて右往左往でないだけありがたいが」

『A情報』とは、『アーネストからの情報』の略で、うちに居候している魔族からの情報という意味だ。

彼は、ここに連れてくると魔族側と勝手に連絡を取ったり、内応の可能性があると疑われるので連れてこなかった。

本人はいつもどおり、論文の作成に忙しくて部屋に閉じ籠《こも》っているようだが。

そして、その状態を王国から黙認してもらっている代わりに、彼からの魔族に関する情報を提供していた。

アーネストは、このリンガイア大陸にある遺跡を調査したくて密出国までした男だ。

よって国家に対する忠誠心は薄く、知りうる限りの情報を王国に伝えてくれた。

おかげで魔族の国に関する情報は集まったのだが、元大学教授であった彼にとって、政府や軍隊などに関する情報は、どうしても概要的なものになってしまう。

それでも、王国政府を交渉へと向けさせるのに十分ではあったが。

「魔族は全員魔法使い、最低でも中級以上の魔力を持つ。魔導飛行船や、その他の武器の性能も王国のものとは比べ物にならない。いくら数が少なくてもな……」

数が少ないから全面戦争にはならないかもしれないが、条件闘争のための限定的な軍事衝突となれば、こちらが一方的に蹴散らされてしまうだろう。

その結果、不平等な条約や領地割譲を受け入れざるを得なくなったとしたら?

アーカート神聖帝国にも舐められてしまう事態になるであろう。

「そんなわけで、王国政府としては数を頼りに圧力をかけて、なんとか平等な条約を結びたいわけです」

「可能なのかな?」

「そう思っていないとやってられませんから。問題なのは、プラッテ伯爵たちのように足を引っ張る連中ですね」

魔族の国と戦争をして、それで勝てると思っているのが驚きだ。

アーネスト経由で、情報はちゃんと入っているのに。

「彼らに言わせると、そんな情報はあてにならないそうです」

「じゃあ、自分であてになる情報を探ってこいってんだ」

「そんな面倒なことはしませんよ、連中は」

彼らからすると、戦争とは出世をかけた賭けなのだ。

「政府閣僚も、軍人も、上にいる連中は戦争なんて嫌ですからね。戦争を煽《あお》る貴族ってのは、それで上手くいけば自分も出世できる、駄目なら上の連中の責任にして逃げようと考えていますから。それで上が処罰されて席が空いたら、何食わぬ顔で戻ってきます」

駄目元で景気のいい主戦論を煽り、失敗したら上の責任だと言って逃げる。

酷《ひど》い話だが、こんな中間層や非主流派は多い。

上が可愛《かわい》そうな気もするが、それに引きずられてしまえば責任のある地位にいるのだから、責任を取らされても仕方がないのであろう。

責任者は、責任を取るためにいるのだから。

「ということは、まだ俺たちは釣りができる？　よ――――し、これを生かして海釣りを極めるぞぉ――――」

まだ、主《ぬし》クラスの大物が釣れていない。

そのうち、名人級の腕前を持つベテラン漁師が『この海域には、全長十メートル以上もある謎の大魚がいて、ワシもそれを何十年も追いかけているのだ』などと話しかけてくれるかもしれないし。

「バウマイスター伯爵、それはなんの物語なんだ？」

「ありそうというか、あったら面白そうですね」

体育会系のフィリップは呆《あき》れ、文系のクリストフは半分だけ俺の話に賛同してくれた。

「その名漁師の鼻を明かしてやるんだ」

「初日にサーペントに食べられてしまった大物もいましたし、またあのくらいの獲物が釣れますよ、あなた」

「だよなぁ。エリーゼはわかっている」

そう、ここの海は豊富な魚を我々に恵んでくれる素晴らしい漁場なのだ。

頑張れば、またあんな巨大魚がかかるかもしれない。

「ヴェル、漁に出ているのは、一応駐留する各軍への食料供給任務という名目なんだが……」

「エル、そのくらいのことが俺にわからないとでも？」

わかっているからこそ、そう言って毎日釣りに出ているのだ。

それに、実際、彼らに大量の魚を販売してもいる。

相場は少し安く設定しているし、漁師たちの収入も保障していた。

ゆえに、ホールミア辺境伯もなにも言ってこないのだから。

「俺は、ヴェルがこのまま釣りだけに没頭して、本来の目的を忘れているのではないかと心配したんだ」

「あははっ、そんなまさか」

そんなはずあるわけないと、俺はエルに対し笑って答えた。

「そうかしら？　エルの心配はもっともよ」

「ええ――、なんでイーナが裏切るの？」

「裏切るとかじゃなくて、ヴェルは毎日楽しそうに釣りをするか、フリードリヒたちの傍《そば》にばかりいるし」

「時代の先端を行く、赤ん坊の世話を見る貴族、それがこのバウマイスター伯爵様だ」

この世界に、家事の分担とか、イクメンという言葉は存在しない。

子供の世話は、主に女性が見るものという考え方が主流だからだ。

大貴族だと、母親が面倒を見ず乳母やメイドに任せてしまう人も多かった。

俺のように自分でミルクをあげたり、オムツを替える男は滅多にいないそうだ。

「普段はできないけど、こういう時くらいはね」

領地にいると色々と忙しいし、ローデリヒもうるさい。

だからこそ、今が絶好のチャンスというわけだ。

戦争になるかもしれないというのに、なぜかもの凄《すご》く時間が空いているということもあった。

「悪くはないと思うけど、バウマイスター伯爵としては問題かも」

「そうだね、軽く見られちゃうよ」

ルイーゼもイーナの考えに賛成する。

男が、それも俺のように大貴族が赤ん坊の面倒など見ていると、世間の風評が悪いそうだ。

もしこんな事実を現代の女性が知ればどう思うのであろうか？

ある意味、興味深くはあるな。

「それほど気にすることもあるまい」

テレーゼは俺の味方だった。

「大貴族が少々変わったことをしたとて、それが何程のことかというわけじゃ。世間の流行など、変わり者の大貴族や王様が始めたものも多いからの」

自分が大貴族でもあったテレーゼからすると、流行とは自分たちのように目立つ人間が作り出すものだと思っているらしい。

「つまり、ヴェンデリンさんが男性なのに赤ん坊の世話をしていると、それを真似る人が出て流行するかもと？」

「そんな感じじゃの」

「信じられませんわね」

カタリーナは貴族に強くこだわる女性である。

だからこそ余計に貴族の基本に忠実で、俺が赤ん坊の面倒を見るのはおかしいと思っているようだ。

「好きにすればいいと思う」

「だよなぁ、ヴィルマ。あたいの兄貴なんて子供の頃、あたいを背負って面倒見ていたらしいぜ」

カチヤの家は、当主夫人も農作業をするような家だ。

どうせ他の貴族は誰も見ていないしと、気にもせずにそういうことをしていたのであろう。

「でも、私たちもいるから手伝うのはたまにでいいわよ」

「旦那様には、やはり世間の目がありますし……」

「う――――む、こっそりとやるとするか」

アマーリエ義姉《ねえ》さんからすると自分の仕事ばかりか、連れてきたメイドたちの仕事がなくなるのが困るというわけだ。

確かに、それは一理あるかもしれない。

ここは、リサの言うように他の貴族たちに目を付けられないようにするべきか。

「となると、やはりここは釣りを強化か？」

「旦那様、なぜ釣りなのですか？」

「なぜって、海が俺を呼んでいるから！」

そして、まだ見ぬあの海域の主が、俺との対決を待っているのだ。

「いえ、『瞬間移動』が使えるのですから、ここは領内の開発工事もしないと駄目なのでは？」

ローデリヒさんに怒られますよ」

「リサさんの言うことはまさに正論ですね。あなた、二日に一度は領地に戻ってください。なにかあれば魔導携帯通信機で連絡します」

エリーゼにも念を押され、俺の釣りライフは二日に一度となってしまう。

もう一日は『瞬間移動』で領地に戻って、また土木冒険者として仕事をする羽目になるのであった。

＊　＊　＊

「失礼、バウマイスター伯爵殿はいらっしゃるかな？」

相変わらずの待機状態が続くなか、突然、五名の男たちが訪ねてきた。

身なりからして、下級貴族とその子供たちといった感じであろうか。

本来なら門前払いをするところなのだが、なんと彼らがエルの父親と兄たちであったのだ。

とりあえず話だけは聞くことになった。

「恐れていたことが……」

今まで、彼らは補給部隊の通り道などを警備していて、このサイリウスに来ていなかったようだ。

任務が終わり、休暇がてら諸侯軍を連れてサイリウスに入ると、そこには自分の息子がいた。

顔を出して親子の再会を……というのが普通なのであろうがそうしなかったのは、実は彼らは以前、大きなチョンボをしていたのだ。

俺が領地を得たばかりの頃、エルをあてにして他の貴族よりも優遇しろと無茶を言ってきたことがある。それが、西部貴族たちへの俺の対応が悪くなる原因を作ってしまったのだ。

悪くなると言うと誤解を与えるが、別に拒否していたわけではない。

俺が南部を一番に優遇しているのは地元だからだし、次が中央なのは、開発で中央貴族と王家の援助と庇護《ひご》を受けているからだ。

東部とは以前揉めたが、それも解決して新ブロワ辺境伯とは知らぬ仲でもないし、紛争で損害を受けて大変そうだったので少し手を貸していた。

そうすることで新領主の統治体勢を安定させ、紛争でまた足を引っ張られないようにする目的もある。

確かに、そう考えると西部は一番不遇かもしれない。

エルも、それ以来家族とは連絡を取っていない。

彼が恩を返すべき人は亡くなった母親のみなので、独立して家を出た以上は関係がないという考え方なのだ。

「エルも大変だねぇ」

「まったく、イーナやルイーゼの家族が羨ましいぜ……」

エルは、厄介のタネが来たと顔を渋くさせた。

「言うほど、ボクの家族も素晴らしいとは思えないけど」

「そうよね。極めて普通？」

「だから、その普通が羨ましいんだよ」

イーナとルイーゼの子供が、バウマイスター伯爵家の槍術《そうじゅつ》指南役と魔闘流指南役となって家臣家を創設するので、それを手伝うために親族や弟子を優先的に採用している。

このくらいならどの貴族家でも行っているし、それにうちは人手不足である。

特に問題にもなっていない。

「バカな俺が言うのもどうかと思うが、俺の家族なんてみんな凡人だぞ」

剣に優れたエルに嫉妬して、獲物の横取りをするような家族なのでお察しというわけだ。

「しかし、なんでレクス兄さんとバートン兄さんがいるんだ？」

「なんでって、家族だからじゃないのか？」

「あの二人は、俺よりも先に家を出てホールミア辺境伯家に仕えたと聞いていたんだがな」

零細貴族の子弟の就職先としては、地元大物貴族家に仕えるという選択肢もある。

だが、ここでも大物と小物は差がつく。

大物は家臣家に婿入りなどができるが、エルの兄たちだと末端の警備兵くらいにしかなれず、死ねば貴族の身分も失ってしまうのだ。

「ホールミア辺境伯家に仕えているのなら、今は忙しいのでは？」

魔族艦隊への対応があるので、俺たちならいざ知らず、彼らがここに来る余裕はないと思うのだ。

「これは、バウマイスター伯爵殿。私は、エルヴィンの父でアルニム家の当主ヴィクターです」

最初の挨拶は普通だった。

エルの父親が、自分と四人の息子を紹介しただけだ。

「バウマイスター伯爵殿のご活躍は噂《うわさ》に聞いておりますとも。ところで、うちの他の息子たちはいつバウマイスター伯爵家に仕官できるのですか？」

「はい？」

俺は、エルの父親がなにを言いたいのか理解できなかった。

仕官したければ、好きに募集に応じればいい。

能力があれば出世も可能だからだ。

「それは、募集に応じていただければ。ただ、その前に仕えているところを退職して、トラブル等がないようにしていただきたい」

うちの方が条件がいいので焦るのか知らないが、仕えていた家なり職場を辞めもしないで応募してくる者たちがいて、正直困っていたのだ。

元の雇い主からすれば、バウマイスター伯爵家が勝手に引き抜いたように見えてしまう。

当然うちに抗議してくるので、そのトラブルの処理で余計な仕事が増えてしまい、ローデリヒたちが頭を抱えたこともあった。

なので、ちゃんと前の職場は辞めてきてくれと念を押しておく。

「えっ？　なぜそのようなことをせねばならないのです？　それは、バウマイスター伯爵殿がホールミア辺境伯殿と相談してください」

「はい？」

このおっさん、いきなりなにを言うんだ？

「エルヴィン、俺はホールミア辺境伯家で末端の兵士稼業なんてまっぴら御免だからな。いい席を用意しておけよ」

「そうそう、兄貴は敬うものだぜ」

先ほどエルがホールミア辺境伯家に仕えていると言っていたレクスとバートンの二人が、エルに上から目線で命令する。

いや、あんたらはエルの兄貴たちかもしれないけど、今では身分と立場が全然違うんだがな。

身内の関係が今も通じると思っている……通じると思いたいんだな。

「エルヴィン、俺の子供も将来は面倒を見ろよ。いいか、相続可能な家臣家を継がせてやれ」

次男らしき人物も、なぜかとても偉そうだ。

そして、エルの父親と一番上の兄は、こちらも偉そうに『うんうん』と静かに頷《うなず》いていた。

自分の子供たちをバウマイスター伯爵家に仕官させろと当然のように言っている。

というか、俺の実家の方がマシだったのかな？

前に優遇はしないと宣言したんだが、この連中はまだ諦めていなかったらしい。

「父上、兄上たち。俺にはそのような権限はないのですよ」

ぶち切れるかと思ったら、エルは案外冷静だった。

怒りが一回転以上して、逆に冷静になったのかもしれない。

そのようなコネは存在しないと、彼らの要求を却下する。

「待ってください！　バウマイスター伯爵殿！　ここは普通ねぇ……」

嫌らしい顔だな。

そんな媚《こ》びた表情を向けられても、エルの家族を優遇する予定はない。

第一、俺はお前たちと縁も所縁《ゆかり》もないのだから。

「そうですとも。エル如《ごと》きがバウマイスター伯爵殿の重臣なのです。我らならもっと上の地位を与えられて当然ではないですか」

「エルヴィン、お前からもバウマイスター伯爵様に言うんだ」

「(なあ、エル)」

俺はエルに対し、こいつらは昔からこうなのかと尋ねた。

「(家を出た時よりも悪化してるなぁ。お前の兄貴たちは、一人を除けばまともだっただろう？)」

確かにこんな父親と兄たちなら、エルも帰省しようとか、つき合いを続けようとは思わないよな。

「(多分、俺経由でヴェルと縁を結べなかったから、ホールミア辺境伯様から嫌われたんじゃないのか？)」

ホールミア辺境伯としても、あてが外れたというわけか。

俺とホールミア辺境伯とは、この前顔を合わせたばかりの関係だからな。

むしろ以前トラブルになったブロワ辺境伯家の方がよほど仲がいいわけだし。

東部と南部の関係が改善したら、西部とは一番縁が薄くなってしまう可能性がある。

その原因となったエルの実家は、間違いなく四面楚歌《しめんそか》の状態なのであろう。

「いや、あなたたちを護衛に置くつもりはないですけど」

どうして、お前たちのような知りもしない連中を傍に置かないといけないんだよ。

ローデリヒが全力で反対するわ。

確かに、エルと俺が知り合ったのは偶然だ。

家臣になったのも偶然。

でも、エルはちゃんと努力して今の地位にいる。

お前らが、なにか努力でもしたのか？

してたら、コネで重臣にしろなんて言わないよなぁ……。

「バウマイスター伯爵様、未熟なエルヴィンよりも、私の方があなたの護衛に相応《ふさわ》しいのです」

「そうですとも」

「ふ――――ん、そうなのか」

なら、試験してみようか。

「エルの兄さんたちは、エルよりも俺の護衛に相応しいらしい。なら、それを証明してもらわないと。剣で相手をしてあげなよ」

「わかりました。兄上たち、俺を剣で負かせられれば、俺の地位を得られますよ」

そう言うと、エルは自分の剣を抜いた。

「バウマイスター伯爵殿、このような席で剣の試合などとは！」

「そうですとも！」

「我らの能力は剣だけではなく、もっと総合的なものなのです」

総合的って、なんだよそれ。

せめてエルと剣の試合をするくらいの気概があればいいのだが。

そういえば領地にいた子供の頃のエルにも剣と弓で勝てなかった連中なんだよな。

真面目にコツコツと勤めるようなタイプにも見えないし、悪いけどエルの親族はいらないわ。

「エルは俺の護衛の他に、時間があれば警備部隊も率いますし、帝国内乱の時には部隊を率いて敵軍に斬り込みました。エルよりも高い地位を望まれるということは、エルよりも剣の腕前が勝っていないと厳しいですね。ですので、エルとの模擬戦に勝って証明してください」

今、改めて思い返すと、エルってかなり凄い戦績なんだよな。

あれ？

結構、ハードルが高くないか？

ヴェンデリンになる前の俺なら、無理だと思うぞ。

「それは……」

「俺は、頭脳の方で貢献を……」

「そうだ、俺もバートンと同じく頭脳の方で！」

「では、王都で下級官吏の試験に合格してきてください」

エーリッヒ兄さんも受かった試験だ。

かなり難しいが、努力すれば受からないということもない。

この試験に受かった下級官吏出身者は、文官としても即戦力である。

合格者を積極的に仕官させているし、ローデリヒに抜擢《ばってき》される者も多かった。

文官として活躍したいのであれば、最低でも下級官吏試験には受かっていてほしい。

「「「……」」」

「どうかしましたか？　うちは確かに人手不足ですけど、出世したければそれなりの能力が必要です。逆に言うと、それがあれば家柄やコネがなくても出世は可能ですよ。さあ、それを証明してみせてください」

「「「……」」」

「どうなのでしょうか？　能力があれば、我が家の家宰であるローデリヒがすぐに抜擢してくれますよ。是非ご応募を」

「バウマイスター伯爵様、私は急用ができたので……」

「俺も、失礼します！」

「俺も！」

俺はただ正論を吐いただけなのだが、エルの親父と兄たちはその場から逃げ出してしまった。

エルよりも上の地位に就きたいというから、その条件を出しただけなんだがな。

「やれやれ、我ながら情けない家族だな」

俺はなにも言わなかった。

本当は、エルも大分堪《こた》えているはずだ。

ここは、なにも言わない方が親切であろう。

「エルさん、今日は大変でしたね」

「まあね」

事情を聞いたハルカもエルに詳細は尋ねず、食事を出して彼を労《ねぎら》うだけであった。

さすがはミズホ撫子《なでしこ》、旦那への気配りに長《た》けている。

「今日は、早くお休みになられますか？」

「そうだな。なんか、疲れたわ……」

その日は夫婦で早くに寝てしまったようだが、翌朝にはエルも元気になっていたので俺たちは安《あん》堵《ど》するのであった。

第三話　セカンドコンタクト

「貴族の旦那ぁ、今日も大漁でさぁ」

「そうか、事故がないように頑張ってくれよ」

「任せてくだせぇ」


どういうわけか、いまだに王国と魔族との間で交渉が始まっていない。

魔族の空中艦隊はテラハレス諸島群に上陸して基地の建設を行っているが、その速度は、魔族による策略なのではないかと思うほど遅い。

魔族はみんな魔法使いのはずなのに、この建設工事の遅さは異常だ。

王国政府の中には、交渉を有利に進めるためで本気で基地を作るつもりはないとの魔族のメッセージだと見る貴族と、わざとこちらを挑発しているのだという貴族がいる。

なににしても交渉が始まらないと意味がないのだが、それはいつになるのかわからない。

それでも、大軍が集まっている以上は大量の物資を消耗する。

特に食料と水は必要で、俺たちはそれを確保すべく働いていた。

テラハレス諸島群の監視のために漁船が不足している漁師たちに魔導動力付きの船を貸して漁をさせているのだが、船の数を大分増やした。

おかげで、サイリウスの町では魚の価格が安定した。

軍への補給でも、民心の安定のためにも、俺たちは大きく貢献していることになっている。

相変わらずホールミア辺境伯には呼ばれないが、俺たちの相手どころではないのかもしれない。

「貢献といっても、ただ釣りをしているだけとも言えるがな」

「そう言うブランタークさんも、その魚を調理して、それを肴《さかな》に酒を飲んでいるだけじゃないですか……」

今日もブランタークさんは釣った魚をエリーゼたちに調理してもらい、それを肴に晩酌を楽しむ予定であった。

とても人のことをとやかく言えた義理ではない。

「しょうがねえだろう。状況が動いていないのだから」

とはいえ、まだ二週間ほどである。

この程度の長対陣には慣れていたし、俺は『瞬間移動』が使えるので二日に一回はバウマイスター伯爵領に戻って土木工事を続けている。

使える魔法が俺と似ているカタリーナ、リサ、テレーゼも連れて一緒にやっているので、準戦時下にもかかわらずバウマイスター伯爵領の開発は計画どおりであった。

そのほか、アマーリエ義姉《ねえ》さんとエリーゼは赤ん坊の世話に集中しているし、ルイーゼ、イーナ、ヴィルマ、カチヤなどは漁の方に重点を置いている。

空いている時間に、網の張り方なども漁師たちから教わっているようだ。

「このまま、永遠に漁をする日々を送るんじゃねぇかと心配になるな」

心配にはなるが、みんな漁や釣りは嫌っていないようだ。

ブランタークさんからすると、ツマミとしてサッパリしたメニューを作るのに最適な魚は素晴らしい食材なのだ。

「う――――む」

「どうかしたか？　導師」

「釣れないのである！」

「いや、釣れているじゃないか」

初日の不味《まず》い魚、食えない魚地獄の後は、導師も順調に釣果を伸ばしている。

今日もかなりの数の魚を釣っていた。

「いや、クロマグロとか、海猪《うみいのしし》とかである！」

我儘《わがまま》を言う導師にエルが呆《あき》れていたが、確かに港から一キロほどのこの海域では難しい。

「導師、こんな港の近くの海域じゃ釣れませんよ……」

もう少し遠くに行かないと駄目なはず。

「クロマグロと海猪ですか？　最低でも、もう十キロは沖合に出ませんと」

釣った魚を締めている漁師に聞くと、やはりかなり沖合に出ないと無理だそうだ。

「海猪なら、たまにそう遠くない沖合にも姿を見せますがね。大きいのでそう簡単には獲《と》れませんけど」

海猪とは、イルカやクジラのことを指す。

この世界でも、卵ではなく子を産むイルカやクジラは動物扱いで、だから海の猪《いのしし》と昔から呼ばれているそうだ。

この世界には、クジラやイルカは頭がいいから殺すのは可哀想《かわいそう》と訴える環境保護団体がいないので、たまに捕獲されて市場に出回っていた。

たまになのは、巨体なので獲るのが難しいからだ。

「バウマイスター伯爵よ、たまには大きいのを狙わぬか？」

「デカイ貴族の旦那、海猪はそう簡単に獲れないですぜ」

漁師たちから親しみを込めて『デカイ貴族の旦那』と呼ばれている導師に、とある漁師が説明をした。

捕鯨用の銃がないし、もし捕獲しても大きな船でないと積めないので、とてもハードルが高い漁だと言う。

「我らは魔法使いである！　海猪獲りなら任せるのである！」

「任せろって……」

実際に獲ったこともないのに、導師も無責任な……。

「たまにはいいではないか。明日、出発するのである！」

なぜか導師が強引に決めてしまい、俺たちは彼の海猪獲りにつき合わされる羽目になるのであった。

＊　＊　＊

「青年軍属たちがなんだと？」

「一部の連中が、退屈なので休みに釣りにでも行きたいと」

「あの連中、頭に虫でも湧いているのか？」

まだ基地建設は終わっていないというのに、司令官である私、アーリートン三級将を新たなる試練が襲った。

能力はともかく、やる気など微塵《みじん》もない青年軍属たちの一部が、休暇で外の海に出たいと言い始めたのだ。

「あの連中は、今の我々の状況を理解しているのか？」

「していないでしょうね……。もしくは、知っていて配慮しないとか？」

「どちらでも同じことだな」

「ですよね」

副官のバーメル三級佐が呆れ顔で答える。

彼らは、職に就かないというか就けない若者たちへの支援という名目で民権党が募集をしてこちらに送り込んできたのだが、そのせいかやる気はゼロに等しい。

契約では、決められた期間、軍属として仕事をしていれば決められた賃金が必ず出るからだ。

そこに、能力や仕事達成度という項目はない。

よってやる気など必要なく、極論すれば別に基地など完成しなくてもいいのだ。

いれば金になるのだから当然だ。

それに、彼らは正規雇用でもないので期間が終われば解雇される。

そんな彼らに真剣に作業をしろと言っても無駄であった。

民権党の連中は、若者を雇用したという事実だけが欲しいのであって、それを考えると彼らも犠牲者なのかもしれない。

だが私は思うのだ。

実は、一番の被害者は私たち防衛隊なのではないかと。

「もうグダグダだな。それで、政府はいつヘルムート王国と交渉を始めるのかね?」

「それは神のみぞ知るですかね?」

「これはあれだ。政府の連中も、青年軍属たちと大差ないな」

「ですね。ですが、政治家連中はもう若くないので、更生の余地がありませんな」

「それは言えているな」

このくらいの皮肉は構わないであろう。

とにかく、青年軍属たちの中に、休暇中も島にいるのは退屈だと言い始めた者たちがいるらしい。

民権党の政治家たちの命令で、彼らには決められた十分な休日が与えられている。

あのアホ共が言うには、自分たちは労働者の味方なので、労働法規の順守は当たり前なのだそうだ。

いや、防衛隊でも過度な疲労が思わぬ事故やトラブルを起こすことくらいは理解しており、作業の効率も落ちるので、ちゃんと労務管理は行っている。

あの連中が問題なのは、仕事の方は全然なのに文句ばかり言って、こちらを困らせることなのだ。

「この諸島の周囲は、大小多くの船で監視されているのだがな……」

「戦って負けることはないと思いますが、周りは全部敵ですからね……」

「バーメル三級佐、彼らはまだ正式に敵ではない。発言に注意したまえ」

「失礼しました」

公式に敵と認めてしまうと、それは戦争を巻き起こす可能性が最大限高まるということだ。発言には十分注意すべきであろう。

それに、我ら防衛隊はシビリアンコントロール下にある。

政府の命令なしに、防衛隊が人間を敵だと判断してはいけないのだ。

その前に、勝手に王国の領地に基地を作っておいて、彼らを敵だと言ってしまうのは、魔族としての尊厳とか羞恥心に関わる事案であった。

あくまでもこれは私見であり、政府の連中の心の内までは理解できないがね。

「はあ……。ですが、そうでも言わないとあの連中は本気で外に遊びに行くと思いますが……」

「悪夢だな……」

そんな海域にあの連中を送れば、いくら休暇でも向こうがそんな事情を察してくれるはずがない。

間違いなく戦闘になるであろう。

「島で過ごさせろ！」

「今、警備を強化しております」

青年軍属の連中が厄介なのは、魔族の特性である『魔法』を全員が使えるという点にある。

どんなに魔力が少ない奴でも、人間の魔法使いでいうと中級に匹敵する魔力を持っている。

古代の文献からそれを知っている連中も多く、調子に乗って人間に対し魔法をぶっ放す可能性も否定できなかった。

「だから、青年軍属なんていらなかったんだ……」

魔族は全員が魔法使いで強い。

その事実を背景に、魔族の一部には『大陸侵攻』を口にする者が一部存在する。

だが、大陸に侵攻できるほど防衛隊の人員は多くない。

防衛隊の名のとおり、大昔に侵攻能力を持つ軍隊としての機能を失ったのだ。

加えて、魔族自体の少なさがある。

勝っても戦死者が出れば、それだけで世論は沸騰するだろう。

我らの国から、戦争や戦死者という言葉が消えて久しい。

下手をすると、数名の戦死者でも内閣が総辞職に追い込まれる可能性がある。

それに、大半の民衆は侵略や戦争に否定的だ。

人口減で放棄する土地が増えているのに、他国に侵攻する必然性がないからだ。

今回の作戦にしても、法的根拠に問題があると騒いでいる民衆や識者もいるのだから。

「バーメル三級佐、たまに思うのだが、どうして私が司令官なのだろうな？」

「……」

答えづらいようで、バーメル三級佐は無言のままだ。

私もまともな回答を期待していないから問題はない。

正直、こんな作戦には参加したくなかった。

大過なくすごせば、退職金と年金で……最近は少子高齢化が進んで、支給年齢の引き上げ、支給金額削減の議論は出ているが……まあ、普通に生活するくらいはできるはずだ。

「青年軍属の連中、妙に魔法が上手《うま》い連中がいますからね」

「暇だからな……」

大昔、数万年前の魔族は、相手を従わせるのに力（魔法）でわからせる野蛮な社会を形成していた。

今は魔導技術が進み、社会の統治システムが洗練され、魔法バカは社会で疎まれる傾向にある。

それよりも、ちゃんと勉強をして、いい学校を出て、資格を取り、周囲の人たちや友人とのコミュニケーション能力を磨いた方が就職には有利だ。

社会システムとインフラを維持する魔力は必要だが、これは魔導技術の進歩によって毎年必要な魔力量が減っている。

魔族は人間とは違って、物心つけばある程度の魔力量になるので、特に訓練する必要などないのだ。

それよりも、ある程度の学力やスキルを身につけないと就職できない。

身につけても、若者の半分は就職できなくて社会問題化しているが。

そんな無職の若者たちの一部には、暇潰《ひまつぶ》しに魔法の修練に熱中する者がいた。

たまに、社会への不満解消のため街中で暴れる『キレた若者』もいるが、そういう連中はすぐに逮捕される。

防衛隊を含む治安維持組織では、まともで真面目でちゃんとした若者を一定数雇用して戦闘訓練を行っているからだ。

職のない若者たちも食えないわけでもないので、暴れる連中は滅多にいない。

マスコミがその少数の若者を『社会の犠牲者』だと言って政府批判に利用するから、問題が大きく見えるだけだ。

「実は、私の弟も無職でして……。木から落ちる葉の数を数えるのは飽きたからと、魔法の練習をしていましたな。そんなことをしても、就職はできないのですが……。両親から『なんとかならないのか？』と聞かれるのですが、私にコネなんてないですからね……」

バーメル三級佐の家も色々と大変なようだ。

「将官になればコネがあるのでしょうか？」

「いや、少なくとも私にはないな。うちの息子は民間に就職した」

幸いにして、うちの息子はなんとかサラリーマンをしているが、酷《ひど》い待遇で毎日疲れた顔をしている。

働かないというか、働けない若者。

数少ない求人には、『暗黒企業』と呼ばれる酷い待遇の会社も多い。

そこで追い詰められ、自殺したり鬱《うつ》になる若者も多いので、無理に就職しなくてもいいと思う若者が出るのだろう。

年寄りが『昔の自分はもっと酷い待遇でも働いていた！　今の若者は！』と文句を言い、当の若者たちから『ジジイの昔自慢』とバカにされている。

まあ、実は昔の方が待遇のいい企業が多かったのだが……。

ガムシャラに働かせる会社も多かったが、その分、給料も高かったと亡くなった祖父が言っていたな。

そんなわけで、我が国ではここ数百年ほど不毛な言い争いが続いていた。

ジェネレーションギャップというやつであろう。

「だからといって、それらの矛盾を誤魔化すため大陸に侵攻してもドツボだろうな」

「かえって、魔族の衰退を招くでしょうね……」

占領地を上手く統治できなければ、数少ない魔族は人間に寝首をかかれて大陸に屍《しかばね》を晒《さら》す可能性もある。

それがわかっているから、上の制服組はアホな政治家たちの言い分に四苦八苦しているのであろう。

「俺は制服組でなくてよかった……」

などと考えていると、そこに、

「大変です！　三名の脱走者が！」

警備担当の二級佐が飛び込んでくる。

なんと、監視の目を掻《か》い潜《くぐ》って三名の青年軍属たちが島の外に出てしまったらしい。

「しかし、どうやって？」

「海中です……」

『飛翔《ひしょう》』で空を飛んで島を出れば、すぐに見つかって戻されてしまう。

そこで、『水中呼吸』の魔法を用いて三名が島の外に出たというのだ。

「追跡をかけますか？」

「しかし、それを行うのは難しい……」

下手に船を動かせば、この島の周囲を警戒している人間たちの船を刺激してしまう。

かといって、貴重な人員を魔法だけで追跡させるのは危険だ。

「三名が遭難でもすると、それも非難の対象になりますけど」

「あのバカ共め！」

私は眩暈《めまい》を感じ、多分、自分ほど不幸な司令官はいないのであろうなと感じるのであった。

＊　＊　＊

「ははははっ！　見つけたのである！　某《それがし》たちに獲られて食われるがいいわ！」

翌日、導師のせいで俺たちは沖合に海猪ことクジラ・イルカ漁に出かけることとなった。

他の漁船には通常どおり漁をするように命令してから、一隻だけでもっと沖に出る。

「ヴェル、例のテラハレス諸島群に大分近づいたな」

「心配するな、なのである！　まだ全然遠いのである！」

エルの懸念を、導師が大声で否定する。

普通こういう場合は、若者の方が無茶をしようとしてそれを年配者が止めるものだが、うちではまるっきり逆であった。

「海猪ねぇ……」

俺にとってはクジラか。

商社員時代にクジラ料理専門店に連れていってもらったこともあるし、そういう商品を扱ったこともある。

俺も美味《おい》しいとは思うのだが、如何《いかん》せんタブーだと考えている人が多くて、扱いに難儀する品物であった。

他にも肉はあるのでそう売れるものでもなく、思ったほど儲《もう》からなかった。

年配者でも『懐かしい』という人と、悲しいことに、『今は美味しいものが沢山あるのだから、無理して食べる必要はない』という人もいたりした。

クジラ食は文化かもしれないが、食の多様化が進んで昔ほど重要視されなくなったのも事実であった。

この世界では、安定して獲れるようになれば商売になるかもしれない。

「ヴェル様、海猪は使える部分が多くてお得」

「そうなんだ」

ヴィルマによると、この世界でもクジラの油でランプを灯《とも》すらしい。

他の部位も色々な品の原料になるので、水揚げさえされればすぐに売れてしまうそうだ。

「テレーゼのところでは、海猪は獲らないのか？」

「ミズホ人が銛《もり》を投げて獲っておるの。危険じゃし、そう量も獲れないのでフィリップ公爵領の人間はあまり食べぬ。ミズホ人で好きな者が多いとかで、大半がミズホ領内だけで消費されてしまうと聞いたの」

ミズホ人は日本人に似ている。

だから、クジラやイルカをよく食べるのかもしれない。

「さてと、導師が満足するように頑張ろうかな」

「貴族の旦那、早速探索を開始するだ」

とはいっても、実際にクジラが見つからなければ意味がない。

操船を任された漁師は、船を動かしてクジラの群れを探す。

「貴族の旦那、あそこに！」

見つからないかもしれないと思っていたのだが、この世界のクジラはあまり人間に獲られていないため、かなりの数が存在するようだ。

十数頭の群れが、悠々と泳いでいるのが俺たちにも見えた。

「それで、銛を撃つのよね？」

「そうなんだけど……」

当然、艦首に銛銃《せんじゅう》などついていないし、導師に任せると大魔法をぶっ放して消し炭にしてしまいそうなので、イーナにロープが付いた槍《やり》の投擲《とうてき》を任せる。

「結構距離があるわね……」

とは言いつつも、イーナは上手く魔力を込めて槍を投擲し、無事に泳ぐクジラに命中させることに成功した。

体に槍が刺さったクジラが暴れるが、そのロープを導師とヴィルマが自慢の怪力で引っ張る。

「ご馳走《ちそう》、逃がさない」

「おおっ！　いい引きである！」

普通の人間なら海に引きずり込まれると思うのだが、導師とヴィルマには余計な心配であった。

「ヴィルマ、ボクも手伝うよ」

「あたいも足しになるかわからないけど」

これに、魔力を込めてパワーを増したルイーゼとカチヤも加わる。

槍が深く刺さったクジラは暴れるが、次第に船の近くに引き寄せられ、百メートルほどまで引き寄せられた時点で、俺が『雷撃』の魔法を放って気絶させた。

これは、あの『エリアスタン』の改良魔法である。

気絶したクジラにトドメを刺すと、それは魔法の袋に仕舞われた。

さすがに船の上では解体できないので、それはあとで行うことにしたのだ。

「次は、某がやるのである！」

以上のような方法で、俺たちはクジラ獲りを始めた。

導師は、槍が刺さったクジラを引くのにも、魔法でトドメを刺すのにも参加してとても楽しそうだ。

「大漁なのである！」

「持ち帰ってから漁師たちに解体させて販売か」

「これだけの海猪が一度に揚がるのは珍しいですぜ」

それから半日ほど、クジラは順調に獲れた。

メンバー的に魔法という火力が過多なので、下手なベテラン漁師の団体でも相手にならないほど獲れるのだ。

「ただ、やっぱり魔法の袋がないと難しいかも……」

「仕舞う場所がありませんものね」

特にすることもないエリーゼは、試しにクジラの肉や油を使って船内で調理を始めた。

「汎用《はんよう》の魔法の袋は高いからなぁ……」

「ええ」

獲ったクジラを積むには大きな船がいる。

だが、普通の漁師がそんなに大きな船を準備するのは難しい。

小さい船だと獲ったクジラをロープで引っ張って港に戻らないと駄目だが、監視を怠るとサメに食われて商品価値が落ちてしまう。

サメなら引いているクジラを食べられるだけで済むが、サーペントを呼び寄せてしまうと漁師まで危険に晒されてしまう。

体が大きいので金にはなるが、サーペントや同じ大きさの魔物には負ける。

そんなに強くはないが、やはり地球のクジラよりは凶暴なので、生命の危険を感じると船に体当たりをする個体もいて、需要があるのに水揚げ量が少ないのには、そんな様々な理由があったのだ。

「安定した捕鯨で食肉を確保すれば、殖産にも役に立つな。バウマイスター伯爵家でも研究させようかな」

「伯爵様、俺たちは一応戦争に来ているんだぜ」

「とはいっても、ホールミア辺境伯はなにも言ってこないじゃないですか」

なぜか魔族と交渉すら始まっていないので、特にやることがない俺たちは食料調達の名目で漁や釣りをしているのだ。

「もう十分だろう」

「貴族の旦那、遭難者です」

帰ろうとすると、監視をしていた漁師が遠方にイカダのようなものを見つけた。

俺も魔法の袋から取り出した双眼鏡で確認する。

すると、海上に小さなイカダの上で休んでいる三人の男たちを発見する。

「なんでこんな場所に？」

「遭難した船の情報なんて聞いてないですぜ」

漁師たちはみんなギルドに所属しており、出航前に遭難した船の情報があれば、ギルドから必ず知らされる。

注意喚起をしておけば、漁の最中に遭難した船や船員が見つかることもあるからだ。

「テラハレス諸島群の監視を行っている小型漁船が遭難したのかの？　どのみち助けなければなるまい」

遭難者を救助するのは、海で船に乗っている者の義務である。

テレーゼにそう言われ、漁師は船をイカダに近づける。

だが、間近まで迫ったところで、彼らに長い耳があることにみんな気がついてしまう。

「魔族か！　しかし、なぜ魔力で気がつかなかった？」

「ブランタークス殿、連中は魔力切れのようである！」

さすがのブランタークさんも、魔族の魔力が切れていたせいでその存在に気がつけなかったようだ。

導師も不覚を取ったというような表情をしている。

「魔族ですか？　貴族の旦那ぁ……」

我々はアーネストがいるので多少の慣れがあったが、漁師たちはそうもいかない。

風聞くらいしか聞いたことがない魔族を初めて見て、可哀想なくらいに怯《おび》え始めた。

「まあ、落ち着け」

ここで変に怖がってしまうと、相手に警戒感を抱かせてしまう。

それに魔力が切れているのなら、今はそう警戒しなくても大丈夫だ。

俺は普通に彼らに話しかける。

「遭難か？」

「うん？　人間か。初めて見るな」

「本当だ、耳が短い」

「というか、本当にそれしか差がないんだな」

三人の若い男性魔族たちは、ツナギに似た作業着のような服を着ていた。

俺たちを見ても警戒すらせず、初めて見る人間に興味津々のようで、見た感じ、軍人などではないようだ。

「魔力切れか？」

「ああ、休暇中に暇だから島の外に出てみたんだ。空を飛ぶと人間たちの船もあるから、海中を進

んできたんだが、初めてだったこともあるが、予想以上に魔力の消費が激しい。というわけで、休憩中」

「なら、休んでいかないか？　海猪漁を終えて試作の料理も作っているし」

「そうだな、せっかくだからご馳走になろうかな」

こちらの誘いを、魔族たちは呆気《あっけ》ないほど簡単に受け入れた。

船内に案内して、エリーゼにマテ茶を出してもらう。

「この船、女の子比率高し！」

「羨《うらや》ましいなぁ。俺たち青年軍属なんて男と女が強制隔離されていてさ。これなら、家で本でも読んでいた方がマシだって。修学旅行かっての！」

「君、もしかしてモテモテ？」

三人の魔族の中で、背が高い痩せ型の青年がモール・クリント。

背が低いガッチリとした体形の青年がラムル・アートン。

丸坊主が特徴の青年が、サイラス・ヘクトル。

見た感じは、本当に普通の青年だ。

「俺は、ヴェンデリン・フォン・ベンノ・バウマイスターだ」

「ええと、お貴族様？」

「領地持ちの伯爵だ。今回の騒動で援軍として来ている」

「えっ？　漁をしているのに？」

モールは、援軍として来ているのにクジラ漁をしていた俺たちを不思議そうな目で見る。

「しょうがないだろう。双方の交渉が始まらないんだから。軍隊はいるだけで食料を消費するから、こうして食料調達の任務に勤《いそ》しんでいるわけだ」

「軍隊って金食い虫らしいからね。うちの防衛隊も経費や補給で四苦八苦しているみたいだし」

「基地の建設資材の費用だけでもバカにならないだろう？」

「みたいだね。予算がないって、今も苦労しているみたいだから」

「防衛隊なんて、大分前から廃止しろって市民団体とかがうるさいしね」

なんだろう？

モールたちの話を聞いていると、この世界に来る前のことを思い出すな。

「予算が厳しいのは、人間も魔族も同じさ」

「どちらも、同じような苦労があるわけだ」

やはり、彼らは軍事的にド素人だ。

俺の誘導尋問程度にスラスラと答えてくれる。

「飯でも奢《おご》るよ。海猪の料理だけど」

「いいねえ」

「クジラを獲ると、環境保護団体がうるさいからなぁ」

「たまに漁師と無意味な激突をしているよね。新聞で見た」

魔族はクジラって言うんだな。

それにしても、この三人の発言を聞いていると、まるで地球に戻ってきたかのような感覚に陥る。

魔族の国とは、大分、前世の地球に近い社会システムで運営されているようだ。

となると、やはり戦争になるのは危険だ。

まともに戦ったら、まず勝てないであろう。

それがわかっただけでも収穫か。

「(なあ、伯爵様)」

「(上手く世間話をして情報を集めましょう)」

「(特に毒になるような連中にも見えないのである。バウマイスター伯爵の方針に賛成である)」

「(それもそうだな。一応警戒はしておく)」

一向に交渉が始まらない以上は、なんとかそれを進めるために情報を集めるべきであろう。

俺がそう説明すると、ブランタークさんと導師も納得したようだ。

「(一応警戒するけど、彼らって素人よね……)」

結果的に内乱を潜り抜けて素人とはいえなくなってしまったイーナからすると、モールたちがなにか特殊な工作や攻撃をするとは思えないらしい。

それでも、念のため一人では魔族と接しないようにとエリーゼたちに注意しておく。

「全員奥さん!」

「みんな子持ち!」

「未婚の男性と二人きりにならない! そんな慎《つつ》ましい女性、うちの国では滅んでいるぞ!」

彼らが気分を悪くしないように、エリーゼたちは夫がある身なので他の男性とは二人きりにならないと言うと、モールたちは驚きの声をあげた。

「いいなぁ……バウマイスター伯爵。究極の勝ち組じゃないか」

「それなりに苦労はあるのよ」

「それは、人間も魔族も一緒でしょう」

そこに、料理を持ってエリーゼたちが姿を見せる。

実験的に作った、クジラの刺身、鍋、龍田揚げ、串カツ、煮物、焼き肉などが出され、彼らはそれを美味しそうに食べた。

「女の子の手料理、最高！」

「うちの国だと、料理もできない女性が多いからな」

「料理は腕前っていうけど、やっぱり女の子が作ると違うな」

モールたちは大喜びでクジラ料理を食べ続けた。

「ねえ、島の外に出るのに食料は？」

「万が一に供えて準備はしてあるよ」

荷物持ちをしているラムルは、背負っていたリュックからレトルトパウチと缶詰を取り出してルイーゼに見せた。

やはり魔族の国は、地球にとてもよく似ていると思う。

「これを食べるの？　銀色だけど」

ルイーゼは、缶詰とレトルトパックをどうやって食べるのかわからないようだ。

手に持って首を傾《かし》げている。

「中身を開けるんだよ、ルイーゼちゃん」

「凄《すご》いねぇ……金属の容器に料理が入っているなんて」

ラムルは、試しにいくつかの缶詰を持っていた缶切りで開ける。

ビーフシチュー、グラタン、ピクルスに、なんとパンの缶詰もあった。

「パンが魔法の袋もなしに保存できるんだ。でも、なんで魔法の袋を使わないの？」

「大人の事情だってさ」

ラムルの説明によると、魔族の国は食料が余っているらしい。

「その状況で、魔法の袋で食料を保存したら余計に食料が余るじゃない。農家、畜産家、漁師、食品メーカー、飲食店では使用禁止だね。防衛隊は調理担当が常勤だから、これは万が一のための非常食」

「魔法の袋の使用禁止なんて徹底できるの？」

「魔道具の探知機器があるから、農林水産省の役人が定期的に調査している。たまに経営が厳しい飲食店が使って捕まるくらいかな？」

「食料が余っているなんて夢のようだね」

「そうかな？　そのせいで食品関連の仕事は簡単に起業できて、すぐに潰れるから、不安定な生活か、失業かって言われているくらいだからなぁ……。よほどの大手でもないと」

食料価格の下落を補助金で補てんし、それは税金から出ているそうだ。

沢山作れればいいというものでもないと、ラムルはルイーゼに語った。

「クジラは初めて食べたけど、美味しいものだね」

「調理がいいんだよ」

「ありがとうございます」

ラムルに料理の腕を褒められて、エリーゼはお礼を言った。

「バウマイスター伯爵の奥さん、美少女ばかりで羨ましい！」

食後、デザートやお茶を楽しみながら話を続ける。

とにかく、どんな世間話でも重要な情報になるからだ。

彼らの話によると、魔族の国は長年争いもなく平和だが、少子高齢化で徐々に人口が減っている状態だそうだ。

政治は国権党と民権党という二大政党に、他の小規模政党も加えて選挙で政治家を選ぶ民主主義。

魔導技術は王国や帝国を圧倒しているが、平和な時間が長かったせいか思ったよりも軍事技術が進んでいない。

ただし、普通に魔銃や魔砲は配備されている。

魔導飛行船などは、防御力と機動力、火力で人間のものを圧倒しており、『リンガイア』でも歯が立たない。

魔族はみんな魔法使いなので、その気になれば大陸征服も可能かもしれないなどということがわかった。

つまり、長年戦争がないせいで平和ボケだが、怒らせれば人間の国は滅亡してしまう可能性があるということだ。

「聞かなきゃよかった」

「ですわね」

ヴィルマとカタリーナの本音に、みんなが心の中で首を縦に振る。

同じような話はアーネストから聞いていたのだが、これで情報の信頼度が増した結果となった。

「でも、魔族の大半は戦争なんて嫌だと思うよ」

「そうなの？」

「いくら若者に仕事が増えるかもと、大企業や政治家がマスコミを使って煽《あお》っても、青年軍属たちを見るに非正規で使い捨てでしょう？　別に今のままで生活できないわけでもないし」

「国権党だろうが、民権党だろうが、失業率の改善なんてそう簡単にできないし。みんな、結構冷めた目で見ているね」

「なんというか、覇気のない連中じゃの」

「とはいってもね。戦争大好きで、占領地の人間は搾取の対象、逆らえば皆殺しの魔族とか嬉《うれ》しい？」

「そういうのは、何万年も前に終わっているから」

「そうそう、昔の文献に出てくる魔族とかぶっちゃけありえない」

良くも悪くも覇気のない三人に、元フィリップ公爵であるテレーゼは色々と思うところがあるようだ。

だが俺だけは、この三人に好感が持てた。

魔族だからと世界征服でも目指されてしまうと、俺の安定した生活——まあ安定していることにしよう——がなくなってしまうが。

あと、こいつらって地球人にメンタルが似ていてつき合いやすい。

「魔族の国のことはわかったけどよ。なんで交渉を始めないんだ？」

「うちの国は、政権交代したばかりだからね」

「はあ？　政権が交代しただけで、どうして外交交渉が始められないんだよ？」

ブランタークさんは、サイラスが言っていることが理解できないようだ。

「元々、我らの国には外交を担当する部署なんてないし、久しぶりの政権交代で民権党が政権を取ったけど、あの連中は実行力がないから」

「なんでそんな連中が選挙に勝てるんだよ……」

民主主義を知らないブランタークさんからすると、完全普通選挙というシステムが理解できないのであろう。

そしてその影響も……。

「選挙は四年に一度はあるから、無能はすぐにメッキが剥《は》げて次の選挙に負ける。こう言うと失礼かもしれないけど、一旦《いったん》跡を継いだ貴族家の当主や国の王様が無能だと、何十年も祟《たた》るでしょう？」

「あんまり酷いと、家臣たちが押し込めるパターンもあるけどな」

政治制度の良《よ》し悪《あ》しは、まあ言い合ってもキリがないのが常識だ。

どちらも、トップが優秀でなければ機能しない点は同じなのだから。

「伯爵様はどう思うんだ？」

「えっ？　どっちも運用する人次第でしょ。一長一短があると思うけど」

どんな政治制度でも構わないと思うが、問題なのは他の国の政治制度にケチをつけて介入することかもしれない。

その余計なお世話のせいで戦争になって、多くの犠牲が出たら意味がないからだ。

「伯爵様って、案外政治家向きか？」

「そんなわけないでしょうが」

前世の影響で多少はそういう知識があるだけだ。

そんな聞きかじり程度の知識で政治に関わったら、ろくなことにならない。

それこそ、三人がその能力を疑っている民権党の連中と同じになってしまう。

「なかなかに面白い話を聞けてよかったよ。おかげで助かった」

あえて積極的に交渉の場に乗り出そうとは思わないが、情報があるのはなにかと有利だ。

王家やホールミア辺境伯を差し置いて俺が出しゃばるのもどうかと思うから、あくまでも参考にするだけだけど。

「では、気をつけて帰ってくれ」

「えっ？　俺は帰らないよ」

「俺も」

「どうせ向こうに戻ってもつまらないし」

「はあ？」

三人は抜け出してきたテラハレス諸島群には戻らないと言い出し、俺たちを困惑の渦に陥れる。

「いやいや、戻らないでどうするよ？」

「バウマイスター伯爵ってなんかＶＩＰっぽいし、観光も兼ねてお世話になろうと思うんだ」

モールたちは、このまま基地に戻ってもつまらない建設作業をやらされて退屈なので、このまま俺たちについていくと宣言した。

「戻らないと、金が出ないんじゃないのか？」

「別にそこまで金に困ってもいないしね。日当と常識的な遊興費を出してくれれば、リンガイア大陸でも全然構わないし」

「親に言われて青年軍属に参加したけど、あそこはろくなものじゃないからね」

「情報ならもっと提供するから、暫《しばら》く置いてよ。適当なところで戻るから」

「……」

所属する国家や同朋への忠誠心の欠片《かけら》もない三人に、導師ですら絶句していた。

俺は、この三人の考え方が理解できてしまうのだけど。

「そうそう、バウマイスター伯爵は知っている？　青年軍属の日当って、六千四百エーンなんだよ。そこから税金とか健康保険とか年金とか引かれるし」

「ワーキングプア以外の何者でもないから」

あくまでも若年者失業率を一時的に下げるためだけのものなので、その待遇はよくはないそうだ。

ただ、エーンという単位が円と同じだとして、衣食住は無料なのでそこまで悪くないのか？

でも、非正規だろうからな。

元社畜のカテゴリーに入る俺だが、それでも正社員だったからなぁ……青年軍属たちよりはマシだったのかもしれない。

「今回の出兵が終われば、俺たちはまた無職だから。完全に使い捨て」

「そうなんだ……」

俺は、前世の世界に戻ったかのような懐かしさと虚《むな》しさを同時に感じてしまう。

そういえば、この世界に飛ばされる前に中学時代の同窓会に出たけど、フリーターとか派遣で生活している同級生は多かった。

どの世界でも、若者が生きていくのは大変というわけだ。

「六千四百エーンがどのくらいの価値かは知らないけど、金貨か銀貨なら換金可能か？」

「大丈夫、金なら町のリサイクルショップで換金してくれるから」

魔族の国なのに、なぜか地球に似ているという現実に、俺は内心で暫く考え込んでしまうのであった。


結局、海で拾ったモールたちはついてきてしまった。

あまり公にもできないので耳を隠させ、小型魔導飛行船内で生活させることにした。

あと、同族が一人居候していることを伝え、アーネストを『瞬間移動』で連れてきた。

すると、意外なことにモールたちとアーネストは知り合いであったのだ。

「あっ、先生がいる」

「先生って生きていたんですね。新聞の報道だと、僻地《へきち》の遺跡探索に行って遭難死した可能性が高いって」

「先生、やっぱり職がないです」

世間とは、案外狭いものらしい。

「知り合いなのか？」

「そうなのであるな。我が輩は、この大陸に渡る前はある大学の教授をしていたのであるな。その時にゼミに参加していたのが、この三人なのであるな」

「そんな高等教育を受けているのに無職なのですか？」

「奥方、教育が進みすぎるのも弊害があるのであるな。高学歴の人間を配置できるポストに限りがあり、それを目指してきた者たちに普通の職を斡旋《あっせん》しても断ってしまう。我が国では、雇用のミスマッチと言っているのであるな」

「魔族の国も大変なのですね」

王国や帝国で大学といえば、アカデミーが一校ずつしかなかった。

厳しい選抜試験があり、そこを卒業できればまず職に困ることなどない。

エリーゼからすれば、大学を出て無職という三人の存在が信じられないのだ。

「しかし、我がゼミの生徒はみんな無職なのであるか？」

「いいえ。デミトルは役人の試験に受かりましたし、ホルストは考古学とはなんも関係ない会社に入社しました。ミアンは田舎で自給自足の生活をしています」

「考古学、関係ないじゃん……」

アーネストの専門は考古学である。

それなのに、その教え子が一人も考古学関連の仕事をしていない。

王国ではまずあり得ないので、エルも驚きを隠せないでいた。

「嘆かわしいのであるな。古代の英知を知る考古学こそ至高の学問なのであるが……」

「考古学じゃ、飯は食えませんって」

「第一、先生って企業とかに全然コネないし」

「大学で講師になるのですら狭き門ですからね。俺たちに用事なんてありませんって」

アーネストは優れた考古学者だ。

それでも勝手に講師や助教授を増やせないし、考古学は元々就職には不利で、研究ですら国の予算待ちなのだそうだ。

最近は予算削減の波でろくな発掘もできなかったらしい。

「だからこそ、我が輩は新たな遺跡とスポンサーを求めてこの大陸へと来たのであるな」

それでニュルンベルク公爵に協力してしまうのだから、彼は根っからの学者なのであろう。

正義感や倫理観よりも、まずは研究というわけだ。

「先生、よく密出国できましたね」

「骨折りではあったが、我が輩は魔力が多いのであるな」

海中を進むことで沿岸や領海を警備する防衛隊の目を掻い潜り、あとは『飛翔』で大陸目指して飛んだそうだ。

勿論《もちろん》、一日では無理なので海上で何泊かしていたと語る。

魔導飛行船にも乗らず、地球でいうところの大西洋横断を単身で行ったに等しく、さすがは魔力量が莫大《ばくだい》な魔族とも言えた。

「我が輩がいない数年で、故郷になにか変化があったであるか？」

「大したことはないですけど、国権党が選挙に負けたくらい？」

「それのみとは、退屈の極みであるな」

「そのせいで、青年軍属に応募できて先生に再会できたとも言えますけどね」

「民権党であるか？　大学の自治組織で騒いでた連中であろう？　あの者どもは大学でまったく勉強しないから困るのであるな」

元々政治に興味などないアーネストは、元教え子たちの故郷についての報告にもあまり関心がないようだ。

それと、新政権に所属する連中に好意的な感情を持っていなかった。

「とはいえ、両国が戦争にでもなると遺跡発掘に影響が出るかもしれないのであるな。バウマイスター伯爵、善処を期待するのであるな」

「なんで俺よ？」

「伯爵様なのだから、ノブレス・オブリージュを率先して行うのであるな」

「この野郎……」

「バウマイスター伯爵がなにもしないでも、我が輩の報告なら、国王陛下の目に留まるのであるな」

「……」

やっぱり、こんな奴を連れてこなければよかった。

＊　＊　＊

『お館《やかた》様、戦争が嫌なのなら、ここで踏ん張りませんと』

「俺、結構頑張ってるよ。主に釣りだけど」

『どのみち従軍しているのです。魔族との戦争に巻き込まれるよりはマシでしょうから、王宮に情報を流すくらいしてみたらいかがです？』

「ああ、面倒だなぁ……」

俺は、魔導携帯通信機越しのローデリヒにため息をつく。

居候魔族が四人に増え、おかげである程度状況は見えてきたが問題は山積みだ。

まず、魔族の国は誰が外交交渉をするかで揉《も》めているらしい。

国内には、リンガイア大陸に進出、侵略して魔族の国の停滞感をなんとかしようという動きもある。

加えて、『リンガイア』は先に領空を出るようにと忠告した防衛隊の艦船に魔法を放ったそうだ。

『艦長の責任は逃れられないとして、誰が魔法を撃たせたのですか？』

「情報によると、副長である貴族のボンボンだってさ」

『あの、とても残念なお方のご子息ですか……』

「ローデリヒはよく知っているんだな」

『そこは、蛇の道は蛇と申しましょうか……』

いつの間にかローデリヒは、王宮から情報を得るルートを開拓していたようだ。

あのプラッテ伯爵家の息子が残念な人物なのを知っていた。

ルックナー財務卿からのルートであろうか？

「なんか、向こうの新聞に大きく載ったらしいよ」

ところが魔法は大した威力でもなく、魔族の国の魔導飛行船のぶ厚く硬い装甲にまったく効果がなかったが、それでも攻撃は攻撃だ。

反撃されて拿捕《だほ》されてしまったそうだ。

これらはすべて、モールたちからの情報であった。

新聞の記事によると、そのプラッテ伯爵家の御曹司は、取り調べの場で『自分は次期プラッテ伯爵なのだから、それに相応《ふさわ》しい待遇を！』と我儘を言い、取り調べをした担当者を困らせていたそうだ。

「『家系だけで貴族になったワガママ息子の火遊び』と、魔族の国の新聞では非難しているらしい」

『順当な評価ですな』

同じ王国貴族なのだが、まったく擁護できない。

俺は息子の方を知らないが、父親であるプラッテ伯爵が大嫌いなので、彼を助ける気持ちが微塵も湧かなかった。

まあ、地球で同じことがあっても新聞にそう書かれると思う。

特権意識を持つ、我儘で傲慢《ごうまん》な貴族なんて、マスコミからすれば格好の批判対象だからだ。

「ただ、これをそのまま陛下に伝えても意味ないよね？」

『ですね……』

それが事実だという決定的な証拠がない。

魔族が、ヘルムート王国を陥れるために仕掛けた罠《わな》だと言われればそれまでだ。

「実際にそう言いそうだからな」

特に、主戦論を煽っているプラッテ伯爵などは。

まさか、今さら『うちの息子が悪いんです』とは口が割けても言えないだろう。

王国貴族の中には、どうにか魔族の住む大陸に侵攻できないかと考えている者も少なくはない。

下手をすると、俺が魔族の手先だと疑われて攻撃される可能性もあるのだ。

『こうなると、魔族の国の実務者が決まっていなくて助かりましたな』

「それで、バウマイスター伯爵はどういう風にしたいのであるかな？」

「現状維持だろうな」

俺は、アーネストの問いに答える。

魔族がテラハレス諸島群から空中艦隊を撤退させ、王国はプラッテ伯爵家のボンボンが『リンガイア』拿捕事件を起こした張本人なら公式に謝って、その後公平な通商条約を結ぶ。

ただし、言うは易《やす》し行うは難《がた》しである。

「バウマイスター伯爵、どうするのである？」

「やっぱり面倒だから、全部事情を陛下に話しましょう！」

そう導師に宣言すると、俺たちは急ぎ『瞬間移動』で王宮へ向かう。

アーネストとモールたちも耳を隠して同行したが、事前に導師が陛下に連絡を取っていたので兵士たちはなにも詮索《せんさく》しなかった。

「バウマイスター伯爵は、相変わらず豪運《ごううん》なのか、悪運なのか……といったところだな」

今回は、閣僚すらいない状況で謁見《えっけん》を行っていた。

滅多にないことだが、導師が陛下の護衛に入るということで認められた。

「我らとて、別に遊んでいたわけではないのだ」

外務卿を団長とする外交団を送り出したのはいいが、交渉はなにも進んでいない。

外交団の一行は魔族艦隊旗艦に留《とど》められ、王宮への通信は可能であったが、毎日『もう少し待ってくれ』としか言われていないそうだ。

「魔族の国は一体どうなっておるのだ？」

陛下にはアーネストからの情報は定期的に届けていたが、いくら政体が違うとはいえ交渉すら始まらないのは困ってしまうと陛下が言う。

「それはですね……」

モールたちからの情報に、陛下はため息をつく。

彼は、耳を隠した魔族四人にあまり興味を持たなかった。

それどころではない状況なのと、四人は所詮《しょせん》政治家ではないからだ。

多少気にしていたのは、今まで魔族の情報を教えてくれていたアーネストくらいであろう。

あまり騒ぐと他の貴族たちに知られるので、わざと興味がないフリをしているのかもしれなかったが。

「政権が交代した直後で混乱？　まあ、王国でも過去にないわけでもないの」

王と閣僚の交代が重なって政治が混乱し、当時帝国と戦争をしていたのになかなか停戦交渉が始まらなかった。

過去にはそんなこともあったようだ。

「しかし、困ったの」

西部は限界まで動員を行い、王国軍も一部兵力と空軍を出しているし、うちのように魔法使いや魔導飛行船を送っている貴族たちもいて、なにもしていないのに資金と物資を食い潰している。せっかく帝国が内乱で疲弊して国力を弱めている間に、王国各地の開発に増々力を入れようとした矢先であったのに。

陛下からすれば、今度は王国を襲った悪夢なのであろう。

「とはいえ、ここでバウマイスター伯爵を交渉に送り出しても意味がないの」

最初の外交団と同じく待機させられるだけであろうし、外務卿たちはいい顔をしないであろう。

俺は外務閥ではないので、あきらかに彼らの職権を侵すことになるのだから。

「新たな情報はありがたかったが、困った話よのぉ……」


などと話をしていた翌日、ようやく交渉が動いたそうだ。

魔族の国から新しい魔導飛行船がテラハレス諸島群に到着し、そこに政府からの外交団が乗っていたらしい。

王国の外交団から、速やかに交渉を始めると連絡が入った。

「なんか、嫌な予感がするけど……」

「ヴェルがそう思うと、結構当たるのよね。交渉で揉めるとか？」

イーナも心配そうな表情をするが、今の俺たちにはなにもできない。

朝起きて各種修練を行い、赤ん坊の様子を見つつ、今日は漁を休んでみんなでサイリウスの町の観光をしていた。

「異国情緒溢《あふ》れるねぇ……」

「せっかくだから、なにか特産品でも食べよう」

「両親へのお土産、なににしようかな？」

モールたちのためであるが、彼らは初の外国旅行を心から楽しんでいる。

「我が元教え子たちよ。昼はなにを食べるのか考えたのであるかな？」

「港町といえば魚介でしょう！」

「他にも、なにかいいものがあるかもしれない」

「そして、それは先生の奢りで」

「まあ、別に構わないのであるが……」

孤高の天才に見えるアーネストであったが、元教え子たちとの再会をまんざらでもないと思っているようだ。

彼らの食事やお土産代などを出してあげていた。

「先生、金持ちですね」

「まっとうな成果をあげているので、バウマイスター伯爵から支給されるのであるな」

すでに多くの地下遺跡を発掘し、様々な発掘品を得ているので、それに見合った報酬は渡している。

アーネストは研究バカだが、スポンサーにちゃんと利益を提供することも忘れない。

あのニュルンベルク公爵とつき合えていたのだから、そういう配慮はできる人物なのだ。

普段は書斎に籠《こも》っているためお金はほとんど使わないが、こういう時には大盤振る舞いをする柔軟さもあるようだ。

「これで、女の子がいたらなぁ……」

「いるじゃないか。みんな可愛《かわい》いし」

「可愛くても、全員が人妻という点がねぇ……今の世の中、不倫は世間から叩《たた》かれるぞ」

「それはあるな」

「不倫以前に、俺たちは結婚できないがな」

「……」

ハルカはエルの奥さんで、あとはみんな俺の奥さんである。

魔族も人間と大差ないので、自分たちとの差に色々と思うところがあるのかもしれない。

しかし、魔族は不倫すると叩かれるのか。

ますます聞き覚えがあるような……。

「別に一人でも問題ないのであるな」

「そりゃあ、先生は研究が恋人みたいなものでしょうから……」

「俺たちも、恋人くらい欲しいですよ」

「結婚は……金がないですからね」

魔族の国は一夫一婦制で、若者の婚姻率が徐々に下がっているらしい。

結婚できない若者が増えているというが、モールたちも彼女くらいは欲しいと思っているのであろう。

町中を歩く若い女性に度々視線が向いていた。

「よくよく考えたら、無職に彼女は難しいか」

「もの凄いイケメンとかならあるかもしれないけどな。ヒモにでもなるか？」

「俺たちのどこにイケメンの要素があるよ？　あと、ヒモは意外と大変だと聞くぞ」

「「「「「「「……」」」」」」」

モールたちのあんまりな会話に、エリーゼたちはなにも言えなかった。

「みなさん、独身なのですか？」

「俺らの年代だと、九〇パーセント以上は独身だよ」

「みなさんは、おいくつなのですか？」

「俺は五十四歳、ラムルとサイラスは五十三歳だね」

ハルカの質問にモールが答えた。

魔族は人間の三倍近く生きるので、人間に換算すると十八歳くらいか。

俺たちとさほど年齢に差がないように見えるわけだ。

「五十歳をすぎても学生さんなのですか？」

「そうだよ。魔族って長生きでしょう？　あとは、職もないから」

義務教育が二十七年、その上の高等教育が九年、大学十二年、彼らは行かなかったそうだけど、大学院は六年から十二年もあるらしい。

「そんなに習うことがあるのですか？」

「いいや、学生なら無職を糊塗《こと》できるからだね」

いくら魔族でも、そんなに長期間学校に行く必然性はないだろう。

ただ、本当に教育に必要な年月だけで世間に出すと無職が増えるので、長々学生をやらせているだけのようだ。

「長いモラトリアムだな」

「バウマイスター伯爵は難しい言葉を知っているな」

「そうなんだよ。学校なんて週に二、三日しかないし」

「たまに行くのを忘れたりな」

「それでも進級は楽だし、アルバイトで時間を潰せるのもいいね」

モールたちは笑っているが、長く生きる魔族にもそれなりに悩みはあるようだ。

「魔法使いなのに……」

「ヴィルマさん、人間では魔法使いは珍しいけど、魔族は全員だからね」

「余る奴が多いわけ」

もし魔族でなければ、彼らなどあっという間に仕官可能なのにと思ってしまう。

「そんな厳しい現実を忘れ、今は観光を楽しみましょう！」

この日はみんなで楽しく観光をしたのだが、こんな日がいつまで続くのだろうか？

これぱかりは相手次第なので、今はこのままでいいのかも。

どうせすぐに忙しくなるかもしれないのだから。

第四話　龍《りゅう》涎《ぜん》香《こう》

「なにこれ！　高っ！」

「先生、これは蝋《ろう》の塊？　それとも、鉱物か石かな？」

「我が輩の生徒なのに、物を知らなすぎて嘆かわしいのであるな。これは龍涎香《りゅうぜんこう》であるな」

「竜の涎《よだれ》の香？　竜のなにかなのですか？」

「と、昔の人は思っていたのであるが、実はサーペントの腸内にできた結石であり、天然の香料の中ではひと際高いものなのであるな」

「へえ、そうなんですか」


今日も観光がてら、俺たちとモールたちは町を散策していたが、モールがとある店でとてつもなく高価な商品を見つけて驚いていた。

店には高価な品ばかりが並び、俺たち以外に客は一人もいなかった。

灰色、琥珀《こはく》色、黒、白などの色がマーブル状に混じった大理石？

蝋のようにも見えるが、その値段がすさまじい。

こんな、なにに使うのかよくわからないようなものに、同じ重さの金の数倍の値段がついていたのだから。

アーネストがその塊の正体を知っていて、なんと龍涎香だと言う。

前世で聞いたことはあったが、現物を見るのは初めてであった。

なにしろクジラが吐き出したものが偶然漂着しない限り手に入らないので、地球ではかなり高価なものだったからだ。

この世界にもあるなんて驚きだ。

「（マッコウクジラだったかな、龍涎香が取れるのは……。でも、この世界だと……）」

あっ、でもさっきアーネストが、サーペントから取れるって……地球とは違うんだな。

「お客様方はお目が高い。この龍涎香は、実に三年ぶりの入荷となっております」

「そんなに手に入らないのか？」

「ええ、サーペントを数百匹倒して、その腸から一個回収できれば御の字ですからね」

サーペントはこれまで何匹か倒してみたが、腸の中にそんなものあったかな？

あと、クジラよりもサーペントの方が竜らしくはあるな。

「バウマイスター伯爵、龍涎香はそう簡単に取れないのであるな」

「そうなんだ」

「健康なサーペントの腸からは取れないのであるな。胃腸を病で痛めたサーペントが食べた魚介類やクジラ、その他水生生物などが未消化のまま腸に滞在し、それが腸液と一緒に結晶化するのであるな。その香りたるや、天国に昇るかのような、と言われているのであるな。魔族の国では、十倍の重さの金が相場と言われているのであるな」

人間も魔族も、龍涎香に高い金を出すわけか。

「健康なサーペントからは出ないのか……じゃあ、ヴェルがサーペントを捕まえて、それに深酒させて不健康にすれば、龍涎香ができるんじゃないか？」

エル……。

そんな簡単な話ではないと思うぞ。

「あの……エルさん。不健康にさせたサーペントを何年も飼育しないといけませんよ」

「そうだった！」

いや、そんなこと、エリーゼが指摘するまでもなく、エル以外全員が気がついている。

龍涎香がそんなに簡単に作れて採算が取れるのなら、とっくに誰かがやっている。

「うちのお店でも三年ぶりの入荷ですからね。その前は五年ほど入荷しませんでした。いかがですか？　お客様方」

そんなに手に入らないものなのか。

じゃあ、高くても仕方ないな。

俺はいらないけど。

当然というべきか、誰も買わなかった。

「そりゃあ、買わないよ！」

「だって、俺らは無職だから」

「金がない」

それが真実とはいえ、モールたちの話を聞いていたら悲しくなってきた。

俺にとって、無職ほど辛《つら》い言葉はない。

まだ社畜の方がマシだと思ってしまうのだ。

「金があっても、そんなものは買わないけど」

「そうだね。それだけの金があったら、一生ダラダラ暮らしていた方がいいや」

「だって、ただいい匂いがするだけだろう？　心の安定？　それならお香よりも暗黒企業じゃない勤め先かな？」

「「「「「「「「「……」」」」」」」」」


そんな話をしたからであろうか？

モールたちの言葉にエリーゼたちが呆《あき》れていた日の翌日。

俺が船を貸している漁師たちのまとめ役をしている老漁師が、とある相談を持ちかけてきた。

「サーペントの巣？」

「巣というか、サイリウスから少し離れた島……実質ただの大きな岩塊なんですが、そこにサーペントたちが居座り始めたんです」

「居座り始めた？」

「住み心地がいいんですかね？　大半の時間を岩塊の上で過ごし、餌を獲る時だけ海に潜るようになってしまって。最初は二～三匹だったらしいんですけど……」

北海道でも、トドが漁場の近くの岩場や島などを占拠し、多額の漁業被害が出ていると聞いたことがある。

この世界だと、それがサーペントというわけか。

数十頭のトドでも圧倒される光景なのに、十数匹のサーペントが岩塊の上で暮らしているというから凄《すご》い。

漁師たちは怖くて近づけないか。

「駆除をホールミア辺境伯家に頼まなかったのか？」

「それが、陳情を出した直後に魔族が来てしまいまして……」

人手不足で、それどころではないというわけか。

「冒険者に頼むというのは？」

「冒険者は、サーペントの駆除を嫌がりますからね」

「そうなんだ」

「ヴェル、サーペントは中途半端なのよ」

イーナがその理由を話してくれた。

「サーペントは巨体だから、腕のいい冒険者がパーティで当たらないと危険なの。腕がない冒険者は挑むだけ無謀ね。餌にされて終わりよ。でも、その割に報酬が少ないから……」

サーペントは魔物ではないが、その強さはワイバーンや飛竜に近い。

多人数での駆除が必須で、しかも倒しても魔石が手に入らないのが痛い。

同じ危険を冒すなら、ワイバーンや飛竜を倒した方が圧倒的に実入りが多いというわけだ。

「肉やウロコなどの素材も、当然ワイバーンや飛竜の方が高価よ」

サーペントの素材も高価ではあるが、さすがに魔物であるワイバーンや飛竜には劣る。

そんな理由から、サーペントの駆除を嫌がる冒険者は多いようだ。

操船しながら不慣れな船上で戦うことになるので、思わぬ不覚を取るかもしれないというリスクもあるか。

海にいるサーペントは、人間の漁場を荒らすことが多い。

漁師たちが漁をできずに税収が減れば領主に大打撃となるので、人間が活動する海域に出現した

サーペントの追い出しや駆除は、領主の仕事となるケースが多かった。

「そんなに大変かな？」

飛ばないし、ブレスも吐かず、飛竜やワイバーンほど硬くもない。

体は大きいがかなり魔法に弱いので、実入りを考えなければそう難しい獲物ではない。

少なくとも、俺はそう思っていた。

「ヴィルマなんて、前に一撃で首を刎《は》ねたしな」

「でも、普通の冒険者には難しい」

「それもそうか」

漁師たちは魚を獲るのは得意でも、サーペントの退治なんてできるわけがない。

となると、俺たちが対処するしかないのか。

その場合、一つだけ懸念があった。

「サーペント退治は、本来ホールミア辺境伯家の仕事だ。バウマイスター伯爵である俺が勝手にやった結果、ホールミア辺境伯がヘソを曲げないかな？」

そんなことで？

と思う人も多いだろうが、ここはホールミア辺境伯家の領内だ。

領主であるホールミア辺境伯を差し置いて、俺が勝手にサーペントを退治した結果、彼がバウマ

イスター伯爵家を敵視する将来もあり得るのだ。

「大げさじゃないか？　旦那」

「いえ……なくもないです……」

カチヤは大げさだと言うが、エリーゼはあのホーエンハイム枢機卿の孫娘だけあって、大貴族の面倒さを理解していた。

前世でも新しい企画を進めていた時、ある上役への連絡不備があり、『俺は聞いていないぞ！』と激昂《げっこう》させてしまい、そのまま感情的になった彼がその企画の邪魔をする……なんてこともあったな。

かなり地位も高く、いい年の人だったが、そういう人のプライドを傷つけると長期間祟《たた》るケースがあるのだ。

その新しい企画は誰が見ても成功しそうだったのに、事前にただ一言その偉い人に話がなかっただけで、彼はその地位と力を用いて、全力でそれを妨害した。

そんなことをしたら、長期的に見て会社に損害が出るのは子供にもわかることなのに、それでも彼はプライドが傷つけられたという理由だけで、そんな行動に出たのだ。

俺が良かれと思って、漁場を脅かすサーペントを退治したとしても、ホールミア辺境伯に一言断っていなかったばかりに、彼との仲が大いに拗《こじ》れてしまう。

世界は違えど、十分にありえると俺は思ったりしているわけだ。

「よくぞ気がついたな、ヴェンデリンよ。偉いぞ」

「俺は子供か！」

それだけは、テレーゼに言い返した。

「しかしの、以前のお主なら……」

「先に退治して、事後報告だったかもしれませんね」

「ううっ……」

俺は、リサの推測を否定できなかった。

「貴族って面倒なのね」

「そこは、どこで働いても同じじゃないかな？」

「さあ、俺たちは働いたことがないから」

「だよねぇ」

「在学中、嫌な先輩とか教授はいた」

「……だってさ、嫌な教授」

「我が輩であるか？　我が輩は嫌な教授ではなかったのであるな」

「そうだよ、ルイーゼちゃん」

「ちょっと変わり者で……」

「俺たちの就職先を用意できなかったけど」

「あれ？　何気に批判されている？」

「で、あるな……」

ルイーゼにそう指摘され、アーネストは珍しく表情を曇らせていた。

そんな話をしていると、そこに別の老漁師が入ってくる。

「バウマイスター伯爵様、実はホールミア辺境伯様への許可なんですけど……冒険者に任せても構わないという判断なのです。ですから、なんとかお願いできませんか？」

「う――――ん」

バウマイスター伯爵としては、今から手紙を認《したた》めて送らなければいけない。

その場合、返事が届くまでに数日かかり、その間、サーペントたちが居ついた岩塊やその周辺の海域に漁師たちは近づけない。

俺たちがサイリウスに来る前と同じ状況といえばそれまでだが、魔族のせいでホールミア辺境伯領全体の漁獲量が落ちている現在、一日でも早く岩塊周辺の漁場を復活させた方がいいか。

「サーペントが増えすぎるとエサ不足になって、本来ならあり得ない、サイリウスへの接近や襲撃を目論む個体が出てくる可能性もあるのですよ」

「わかった、引き受けよう」

というわけで俺たちは、サイリウスに近い岩塊に居ついたサーペントの群れを退治し、その近辺の漁場を使用可能にする、という任務を冒険者として引き受けたのであった。

＊　＊　＊

「で、モールたちもついてくるんだ」

「当然」

「こういうのも経験でしょう。珍しいからってのもあるけど」

「魔物ではないけど、巨大なサーペントを退治する。楽しそうじゃないか」


翌日、俺たちはサーペントが住む岩塊を目指していた。

俺たちだけだと操船と地理が微妙なので、漁師を一人雇って任せていた。

相手がサーペントなので漁師は不安そうだが、その分、日当を増やしてやった。

俺、導師、ブランタークさんがいるので問題はないはずだ。

なお女性陣は、全員が赤ん坊たちの面倒を見るためにお休みとなっている。

どういうわけかモールたちがついてきたけど、三人とも中級上位レベルの魔力があるので大丈夫であろう。

それよりも不思議なのは、どうして彼らがついてきたのかだな。

やる気が薄そうに見えるのに。

「この三人、魔法を撃てるのか？」

俺の護衛でついてきたエルは、魔力はあれど、ろくに魔法の練習をしていないモールたちに疑いの目を向けた。

いざサーペント退治となった時、役に立つのか疑問なのであろう。

俺から言わせてもらうと、別に戦力にならなくても問題ないけど。

「あれ？　意外と評価が低いな。結構、魔力があるのに」

「モール。エルヴィンは俺たちに魔力があっても、ろくに訓練していないから魔法を放てないと思ったんだろう」

「そういうことか」

「魔法なら普通に放てるから、特に問題ないと思うけどね」

モール、ラムル、サイラスの三人は、魔法が放てない魔族なんていないと断言した。

「ただ、普段は魔法を放つ機会がないだけだ。これればかりは社会環境の問題なので仕方がないな」

「いきなり街中で魔法なんてぶっ放しったら、治安維持組織に取り押さえられるしね」

「そもそも、なんのためにそんなことをって話になるな」

それはそうだ。

大昔の魔族が荒ぶっていた時代でもあるまいし、文明が進んだ今の魔族が意味もなく魔法を放つなんてことはあり得ないはず。

全然、魔族らしくないけど。

「でもどうせ、バウマイスター伯爵たちがサーペントを駆除するから、俺たちの俄《にわ》か魔法なんて必要ないでしょう」

「万が一の備え？」

「俺たちは、見てるだけ」

「ヴェルになにもなければ、ただ見ているだけの俺と同じか……でも、せっかくだから放ってみたらどうだ？」

「こんな機会でもなければ、魔法なんてそう放つ機会もないか」

「防衛隊にでもいれば、魔法の訓練もあるらしいけど」

「試しにやってみるか」

エルの誘いに乗り、モールは船の舳先《へさき》に立ち、岩塊の上でノンビリしているサーペントをめがけて魔法を放った。

「五年ほど前に、一回だけ山奥で練習したことがあるんだ。必殺かどうかわからない『ウィンドカッター』！」

彼の放った『ウィンドカッター』は、その魔力量に比例してかなりの高威力であった。

これが当たれば、サーペントもただではすまないはず……。

「あくまでも当たればだけどな。コントロールが……」

ブランタークさんが頭を抱えるのも無理はない。

せっかくの『ウィンドカッター』だったが、サーペントから大きく逸れていってしまったからだ。

正直なところ、標的に当たる当たらない以前の問題であった。

ブランタークさんと導師は、モールたちと古い文献に載っている魔族との差に拍子抜けしているようだ。

「あれ？　おかしいな？」

「魔法が撃てても、当たらなければ意味がないじゃないか」

「まあね……」

エルの指摘を、俺はまったく否定できなかった。

「練習しなければ駄目なのである！」

「そのうち時間が空いたらやりますよ。多分」

モールの凄いところは、導師相手にもこんな感じなところであろう。

得意なはずの魔法なのに、必要としないのでまともに練習しない。

凄い話ではあるな。

「はい、次は俺！」

モールの次は、ラムルが船の舳先に立って魔法を放った。

今度はちゃんとサーペントに向かっているが……。

「こらっ！　この手の獲物に『ファイヤーボール』を放つなよ！」

ブランタークさんが怒るのも無理はない。

今回の依頼だが、冒険者である俺たちが、サーペントの素材を求めて自発的に狩猟をするという体《てい》にしてあった。

そのため、ホールミア辺境伯家からは報酬が出ない。

狩ったサーペントの素材売却代金が報酬なので、獲物が焦げる火魔法は駄目というか、ほぼタブーに等しかった。

いくら火魔法で倒せても、素材の売却代金が減ったら損だからだ。

「まあ、向こうの方が上手《うわて》らしいがな」

ブランタークさんが、苦笑いを浮かべた。

『ファイヤーボール』の狙いは正確だったが、やはり魔法に慣れていないのであろう。

スピードが遅すぎて、サーペントに避《よ》けられてしまったのだ。

「もっと魔法のスピード上げろよ」

「速くするとコントロールがいまいち」

「つまりモールと同じか……」

魔力こそ俺たちには劣るが、十分、一流に近い域にある。

それなのに、魔法を放つのが下手な魔族を見てブランタークさんは複雑な表情をしていた。

魔族は魔法が得意という、ブランタークさんをはじめ多くの人たちが思うことと、まるで違っていたからだろう。

「ラムル、次は俺だ！」

「気合が入っているのである！」

三人目、サイラスが自信満々に船の舳先に立ったのを見て、導師は彼に期待したようだ。

魔力量は多いから……でも、前の二人のこともあるか……。

「あいつら、なにをやる気出しているんだ？」

「野生に戻りつつあるとか？」

「動物かっての。大方、先日の龍涎香目当てとか？」

「「ギクッ！」」

わかりやすく反応したな。

魔族って、もっと企《たくら》み事の隠し方が上手だと思っていたんだが……。

エルの指摘に対し、わかりやすく体を『ビクッ！』とさせていた。

「金が欲しいのか？」

「むしろ、欲しくない奴がいるか？」

まあ普通はいないか。

俺も、普通の大金なら欲しいと思う凡人だ。

だが、これまでのように大金すぎると、逆にリアリティーがなくて、欲しいと思う気持ちが減ってしまうのだと思う。

「サーペントから龍涎香が取れれば、分配金が貰《もら》える！」

「さすれば、実家に戻った時『もういい加減就職したら？』と母親に言われて心が荒れることも！」

「甥《おい》っ子や小さな従弟《いとこ》から、『叔父さんは今、どんな仕事をしているの？　お小遣いちょうだい』と言われても、心穏やかにしていられるから」

なんだろう？

モールたちの話を聞いていたら、心が痛くなってきた。

「わかるけど、その前に命中しないと意味ないだろうに」

可哀想《かわいそう》だとは思うが、せめて魔法を命中させてくれ。

「『石礫《せきれき》』乱れ打ち！　『説明しよう！　石礫乱れ打ちとは、大量の石礫を次々に標的に向かってぶつけ、命中率を上げる魔法のことである！』。やった！　命中した！」

「命中すればいいってもんじゃないだろうに……」

「どうして？　せっかく命中させたのに」

「ダメージが通ってねえよ！」

「ただ怒らせただけである！」

サイラスの『石礫』だが、サーペントがまったくの無傷というわけでもなかった。

数匹のサーペントの皮膚が破れて血が出ていたからだ。

ただ、それでサーペントが倒せるわけもなく、むしろ怒らせてしまったサーペントたちが岩塊から海に飛び込み、こちらに向かってきた。

船を破壊し、俺たちを食べてしまおうという勢いだ。

「おっ、怒らせてしまったのか？」

「食われる！」

「どうしよう？」

モールたちは、迫り来るサーペントたちに大きく動揺し、なにもできず狼狽《ろうばい》していた。

彼らのように実戦経験がなく修羅場を潜《くぐ》っていなければ、たとえ魔族でも咄嗟《とっさ》の事態に対処できないのか。

「伯爵様、頼む」

「わかりました」

ブランタークさんは、モールたちに匙《さじ》を投げたようだ。

俺にサーペントの駆除を任せた。

『ウィンドカッター』を複数同時に展開し、一番近いサーペントの首から刎ねていく。

「伯爵様、外すなよ」

「師匠の師匠は厳しいなぁ……」

「こんなの、基礎の基礎じゃないか」

とブランタークさんが言うと、モールたちがバツの悪い表情を浮かべた。

「ブランターク殿の言うとおりである！　一発でも外すなどあり得ないのである！」

導師も、厳しい言葉をモールたちに投げつけた。

「じゃあ、あとは倒したサーペントの回収だな」

首を刎ねたので、その切り口から大量の血が噴き出して海に広がった。そのため、今まで岩塊の上にいなかったサーペントたちまで引き寄せられる形となり、結局この日は二十頭を超えるサーペントが退治されたのであった。


「バウマイスター伯爵様、例の岩塊周辺の海域ですけど、無事サーペントの姿が見えなくなりました。感謝の言葉もありません」

「こっちも儲《もう》かったから持ちつ持たれつだろう」

運び込まれたサーペントの解体が行われているのを見ていると、老漁師が俺たちにお礼を言いに来た。

船を出して偵察に行ったら、もうあの岩塊周辺にはサーペントはいなかったそうだ。

これからは安心して漁ができると、老漁師は言っていた。

「海に血を流してサーペントをおびき寄せるとか、意外と気が利くんだな」

「師匠やブランタークさんの教えの成果ですとも」

「某《それがし》もであろう？」

「当然ですとも」

「バウマイスター伯爵の成長を見られて嬉《うれ》しいのである！」

しまった！

導師のことを忘れていた。

でも、この人からは実戦訓練以外、魔法や冒険者に必要な知識みたいなものを教わった経験が……ないな。

そういうのはほとんど、ブランタークさん経由だったような記憶が……。

もっとも彼の場合、年の功のおかげってのが大きいのだろうけど、それを本人の前で口にすると怒られそうなので、心の中でだけ思っておくことにする。

「で、モールたちは？」

「それが、サーペントの解体を見るのが嫌だそうで……」

まあ、気持ちはよくわかる。

俺も前世やこの世界に来て間もない頃は同じだった。今は慣れてしまって平気になっただけだ。

「魔族ってのは、もっとこう……俺のイメージとは全然違うんだな」

「生きたままウサギを割いて、生き血と内臓を啜《すす》っていそうである！」

導師、それは吸血鬼……。

昔は野蛮で殺戮《さつりく》衝動も強く、欲望のままに行動していた魔族も、長い年月を経てこの世界の人間以上に文明化してしまったわけだ。

俺は、今の魔族の方がつき合いやすくていいと思う。

「導師、それでよかったじゃないですか」

「どうしてである？」

「そんなのと戦争したいですか？　俺は嫌ですけど……」

「確かに、今の魔族の方が大人しくていいのである」

エルの言うとおりであろう。

もし昔の魔族がテラハレス諸島に軍を進めていたら、今頃このサイリウスの町も戦場になっていたはずなのだから。

最前線で剣を振るわなければならないエルからすれば生死がかかった問題である。

全員が魔法使いという魔族との戦いなのだから。

「バウマイスター伯爵様！」

そんな話をしていたら、サーペントを解体していた若い漁師が、俺たちになにかを持ってきた。

白と黒がマーブル状になったまるで蝋の塊のような石。

なんと、今日俺たちが獲ったサーペントから龍涎香が出たのだ。

「伯爵様らしい豪運《ごううん》だな」

「悪運とは言わないんですね」

「龍涎香は非常に高価だ。平民なら余裕で一生遊んで暮らせるほどのな。それを採取できた伯爵様は大概豪運ってわけだ」

「あっ、ですが……」

「どうかしたのか？」

「バウマイスター伯爵様、龍涎香が貴重で非常に高価なのにはもう一つ理由があるのですよ。もしかしたら、これは臭石《くさいし》かもしれません」

「『臭石』？」

「龍涎香の一種ではあるのですが、焚《た》くと非常に臭いのです」

龍涎香にも、当たりとハズレがあるのか……。

魔法薬の材料になるので完全なハズレではないそうだが、値段はいい匂いの龍涎香に比べれば小銭程度でしかないそうだ。

「つまり、やっと龍涎香が出ても、その中のかなりの割合で臭石ってことか」

「はい。その確率は、ほぼ半々となっています」

半分かぁ……。

ちゃんといい匂いがする龍涎香だといいな。

それを確認しなければと思った俺たちは、龍涎香を持って急ぎ昨日の店へと向かうのであった。

＊　＊　＊

「半々かぁ……」

「いい匂いであってくれ」

「あれ？　誰もいないね」

「話によると、臭石だった場合、本当に洒落《しゃれ》にならないほど臭いらしいから、みんな退避しているんだって。お母さんが臭いと赤ん坊たちにも影響があるからな。エリーゼたちも連れてきていない」

「導師とブランタークさんもか……。俺も避難したい……」

「逃がすか！」

「お前は、なにがあっても俺を巻き込むな！」

「でも、龍涎香だった場合は臨時収入ありだぞ、エル」

「それは非常に魅力的だな……」


モールたち三人と、俺、エルは、先日訪れたお店にいた。

運よくサーペントから採取できた龍涎香が、いい匂いのする龍涎香か、それともとても臭い臭石なのか。

実際に石を削って火をつけてみないとわからないそうで、鑑定してもらうためにここにいるのだ。

なお、エリーゼたち女性陣は全員不参加とした。

なんでも臭石の場合、少し距離が離れていようと、閉じられた隣の部屋で焚こうと、強烈な臭いが広範囲に漂い、最低でも数日は体に染みついて残るそうで、女性陣は赤ん坊たちの世話に悪影響だと俺が判断したのだ。

ブランタークさんと導師は、とっとと逃げ出している。

分け前もいらないので、確認作業には参加しないと言っていた。

完全に密閉された隣の部屋で鑑定するのに、どれだけ悪臭が漂うんだよと、俺は思ってしまったが。

モールたちは、分け前が欲しいので当然参加している。

エルは……逃がすか！

本人はもし臭石だった場合、レオンに数日近づけないので心の底から嫌がっていたが、俺が強引に参加させた。

俺だって、もしこれが臭石だったら、フリードリヒたちと数日会えなくなってしまう。

幸も不幸も、俺たちは親友同士にして主君と家臣の関係でもあるので、これを共有すべきなのだ。

「ほぼ二分の一だ。当たりを引けると思え」

「半分の確率で当たるけど、半分の確率で大ハズレなんだろう？　すげえ嫌な予感がする。導師とブランタークさんは逃げたじゃないか。ベテラン冒険者特有の勘じゃないのか？」

「そういうネガティブな考えはよくない」

「そうだ。ここは当たると思わなければ」

「大丈夫、根拠はある！」

「へえ、どんな根拠なんだ？」

サイラスはエルに石が龍涎香であると断言した。

「俺たちは大学まで出たにもかかわらず、就職もできず、毎日モラトリアムな日々を過ごしていた」

モラトリアム……まあただの無職なんだけど……。

でも、リンガイア大陸では金持ちの子弟でなければ無職になれないので、ある意味モールたちは恵まれているのか？

こちらだと、飢え死にしてしまうからな。

「俺たちのこれまでの運の総量を考察するに、今はかなり少ない」

「だから、石が龍涎香でバランスが取れるってことか？」

「正解！」

「ついでに言うと、俺なんて独身で、彼女もいないぞ」

「ラムル、そんなのは三人とも同じだろうが」

「このように、これまでの俺たちの不幸具合から計算すると、もうそろそろいいことがある計算だ」

「根拠がうっすいなぁ……」

エルのみならず、俺も同じ風に思ってしまった。

運に総量があるとはよく聞くが、そんなもの誰も証明できていないからだ。

それを言ったら、俺はどうなる？

「大丈夫！　きっと龍涎香で俺たちは大金持ちになれる！」

「なに買おうかな？」

「結婚できるかも」

モールたちは、もう石が龍涎香であると確信しているようであった。

分け前の使い道を懸命に考えていた。

「嫌な予感が……なにこれ！　臭っ！　鼻が曲がる！」

「これは酷《ひど》いな！」

カウンター奥の部屋で、削った微量の龍涎香を焚いて臭いを確認したのであろう。

ドアを厳重に閉め、微量を焚いてこの臭さ。

なるほど。

臭石の名に恥じない、酷い臭いが店内に漂ってきた。

「おぇ――――！」

「そりゃなぁ……」

奥の部屋から、店員の吐く様子が漏れ聞こえてきた。

この距離でも酷い臭さなのだ。

すぐ傍《そば》にいた店員は堪《たま》ったものではなかったのであろう。

「……臭石です……この重さだと、五千セントですね……」

一人頭千セントかぁ……。

サーペントの素材の方が高いな。

それにしてもこんなもの。

いったいどんな魔法薬に使うというのであろうか？

「それでいいです……」

他の店でも交渉？

また臭いを確認されるのかと思うだけで嫌になる。

俺は臭石を五千セントで売却し、その代金を五人で平等に分けたのであった。

その日の夕方。

俺、エル、モールたちの五人は、魔導飛行船から少し離れた森で野営の準備をしていた。

臭石を焚いたせいで体と服にヤバい臭いが染みつき、それがなくなるまで魔導飛行船へは戻れないのだ。

「そりゃあ、ブランタークさんも導師も逃げるわけだ」

臭石の臭いは強烈で、これがつくと三日ほどは野営するしかないらしい。

家族が臭いでやられてしまうからだ。

俺とエルも、赤ん坊たちに悪影響なので、魔導飛行船内には入らずに野営する羽目になっていた。

モールたちも同様で、野営の準備の手伝いをしているが、都会派の彼らは野営に慣れていない。

テント張り一つ取っても、あまり戦力になっていなかった。

「おおっ！　本当に臭いのであるな！」

「先生」

「様子を見に来てくれたのですか？」

「もしかして先生も野営を？」

「そんなわけないのであるな。我が輩は、臭石が本当に臭いのか確認しに来たのであるな」

ある意味、学者バカであるアーネストらしいと言うべきか。

彼はモールたちの臭いを確認すると、そのまま魔導飛行船に戻ってしまった。

清々《すがすが》しいまでの決断力である。

「夕食はカレーを作っている」

最近、アルテリオがカレー粉の量産に成功したので、その試供品を用いたカレーがその日の夕食であった。

クジラ肉と各種野菜とを共に煮込み、大鍋からは香ばしいカレーの匂いが漂っていた。

「美味《うま》そう！」

「キャンプにはカレーだな」

「学校のキャンプを思い出すな」

魔族も学校の課外授業でキャンプに行き、そこでの定番メニューがカレーなのか。

「で、これは辛口か？」

「モール、俺は辛すぎるのは苦手なんだよ」

「え――っ、ラムルの意見には賛同できん！　俺は、できる限り辛い方がいいなぁ……」

「えっ？　なんでもよくないか？」

「エルヴィンは味覚音痴なのか？　なんでもいいはおかしいだろう」

「俺はどっちでも美味《おい》しく食べられるの！」

「ポリシーがないなぁ……」

「ただのカレーの辛さの話じゃないか……」

複数人でカレーを食べる場合、辛さの調整が難しいな。

俺は、無難に『中辛』にしておいた。

「このくらいの辛さなら、まあいいかな」

「辛すぎなくていいな」

「甘すぎなくていい」

「カレーって、外で食うとなぜか美味いよな」

みんなでカレーを堪能してから、これから三日間どうするかの相談となった。

俺たちは臭石のせいで体に臭いがついている。

赤ん坊たちは勿論《もちろん》、エリーゼたちにも悪影響なので、人から離れて過ごさなければいけないからだ。

「観光は無理だからな」

「エル、サイリウスの人たちに臭い人だと思われてもいいのか？」

俺たちはもう鼻がマヒしているのでわからないが、最初は鼻がひん曲がるかと思うほどの臭さだった。

人前に出たら迷惑をかけてしまうであろうから、静かに過ごすしかない。

「そうだ！　バウマイスター伯爵。魔法を教えてくれ」

「それはいいな。ちょうど暇だし」

「せめて命中させられるようにしたいな」

「魔族なのにレベル低いな……」

エルは呆れていたが、魔族の一般人は魔道具に魔力が込められればいいわけで、攻撃魔法の練習なんてほとんどしないとアーネストが言っていた。

彼の場合、得意な属性が闇でこれまた特殊な系統のため、ちゃんと魔法の練習を始めたのはニュルンベルク公爵のところで世話になり始めた頃かららしい。

才能はあるので上達速度は脅威的だったが、どこか隙《すき》があってエリーゼの『過治癒』をかわせなかったのは、経験不足のせいというのもあるのであろう。

「モールたちも、魔法を命中させるくらいはすぐにできるようになるはず。わかった、教えよう」

「俺は剣と刀の稽古でもしてようかな」

人前には出られないが、三日間もお休みがあると考えた方が生産的というものであろう。

俺はモールたちに魔法を教え、エルは一人で剣と刀の稽古をする。

食事はみんなで作り、野営をする。

男子ばかり五人で女子は一人もいないが、久しぶりに学校の友達と遊んでいるようで楽しかった。

『『ウィンドカッター』は、なるべく小さく集束させた方が威力が上がる。サーペントを相手にする場合、その長い首を狙うのがいい。上手《うま》く頸動脈《けいどうみゃく》を切り裂けば、出血死を狙えるからな」

「なるほど……こうか？　惜しい！」

「大分、狙いどおりになってきたな」

数十メートル先に置いた標的をめがけ、モールが『ウィンドカッター』を放つ。

残念ながら少ししか傷をつけられなかったが、先日に比べれば格段の進歩だ。

魔族ってのは、やはり魔法の才能があるんだな。

便利な生活に慣れすぎて、野生の勘を鈍らせた……みたいな感じなのか？

「ようし！　命中したぞ！」

「俺もだ！」

わずか三日間指導しただけで、モールたちの魔法はちゃんと標的に命中するようになっていた。

これなら、もしまたサーペントの討伐依頼がきても大丈夫であろう。

「そんな頻繁に、サーペントの討伐依頼なんてこないだろうに……」

俺たちの傍で刀の稽古をしていたエルが、先日の討伐依頼はあくまでもレアケースだと言ってきた。

「万が一ってこともある」

「まさか」

「すまないが、その例外だ。先日のポイントにまた群れが一つ戻ってきて、漁師たちが漁をできなくなってしまったそうだ」

「「「「ブランタークさん！」」」」

エルがフラグを立てたから……というわけではないだろうが、突如ブランタークさんがやってきて、再び同じ場所でのサーペント退治の依頼を持ってきた。

いまだ俺たちの体から臭いは消えていないようで、ブランタークさんは鼻をつまんでいたが。

「どうせ明日までエリーゼたちに会えないから、今日中にパパっと退治しよう」

「今度は俺たちの魔法でやるぜ」

「訓練の成果を見せてやる」

「今度こそ龍涎香を……とまでは期待しないが、サーペントを魔法で倒すんだ！」

「伯爵様、やっぱり変な光景だな……」

ブランタークさんが言わんとしていることは理解できなくもない。

魔法のエキスパートであるはずの魔族が、人間の若造である俺から魔法を習っているのだから。

ブランタークさんとて、アーネストに出会うまでは魔族なんて見たこともなかった。

古い文献には強大な魔法を放つ魔族の描写が多く、その印象が強い彼からしたらモールたちは違和感がありまくりというわけだ。

「今度は大丈夫なのであるか？」

「魔法の威力は十分なので、当たれば問題ないですよ」

威力の差なんだろうなと思う。

いくら魔法のコントロールがよくても、威力の低い魔法しか放てなければ、サーペントを怒らせるくらいの効果しかないのだから。

「ほら、大丈夫みたいですよ」

「当たった！」

「バウマイスター伯爵、ちゃんとサーペントの首を狙っているぞ」

「俺もサーペントを倒したぞ！」

先日の岩塊とその付近の海域には、他の群れと思われるサーペントが十数匹いたが、今度はちゃんと魔法が命中するようになったモールたちによってすべて退治された。

先日と違って、俺は楽でいい。

「じゃあ、サーペントを回収して帰ろうか」

隔離生活最後の日、モールたちが覚えた魔法を披露する思わぬイベントになったが、これはこれで暇が潰《つぶ》れてよかった。

明日には臭いも完全に消えているだろうし、子供たちにもエリーゼたちにも会えるな。

戦場に出ていて奥さんや子供たちに会えないのならともかく、臭《くさ》いから会えないっていうのも変な話だな。


「サーペントの売却代金で、いい臨時収入になったじゃないか」

「それもそうだな」

「人間も魔族も、変に欲張ると駄目だな。龍涎香なんてなくても、ちゃんと地道に働くのが一番」

「なにを買おうかな？」

「あのぅ……またサーペントから龍涎香が……」

サーペントを解体していた若い漁師の一言で、モールたちは途端に色めき立った。

「今度はいい匂いの方だと思う」

「二分の一を二回連続で外すのは、確率統計上からしておかしいからな」

「連続して、龍涎香を持つサーペントを引き当てるなんて。俺たちは幸運だな」

せっかく地道に働くのも悪くないと言っていたモールたちなのに、再びサーペントの腸から龍涎香が出たと聞くと、もう元の木阿弥《もくあみ》であった。

これがもし龍涎香なら、自分たちは大金持ちになれる。

龍涎香と臭石の比率はほぼ半々だから、次は龍涎香の可能性が高いと、彼らは前にも増して期待しているようだ。

「あれ？　導師とブランタークさんは？」

「また欠席するって。分け前もいらないってよ。なんか嫌な予感がしないか？」

「そう言われると確かに……」

エルの指摘したとおり、あの二人の勘には侮れないものがあるからな。

もしかしたら、これも臭石なのか？

「欠席しようかな？」

「駄目だろう。モールたちは冒険者じゃないんだから」

サーペント討伐の依頼を引き受けたのは俺なので、モールたちだけで龍涎香を売りにはいけなかった。

魔族であることがバレる可能性もあるので、俺たちの付き添いは必須なのだ。

「俺たち？　ヴェルだけでよくないか？　明日には臭いが消えてハルカさんとレオンに会えるってのにさぁ……半分の確率だと、連続してハズレを引くなんてよくあると思うぞ、俺は」

「……そう言われると、そんな気もしてきた」

しかし、モールたちには付き添いが必要で、他の人間には頼めない。

うん、きっと今度はいい匂いの龍涎香のはずだ。

「ヴェルは自信あるのか。俺はないから……コラッ！　ヴェル！　手を放せ！」

「離すか！　主君命令だ！」

「理不尽だぞぉ――――！」

「どのみち、俺の護衛役だろうが行くぞ！」

俺は強引にエルの手を引き、お店へと向かった。

「また龍涎香ですか？　バウマイスター伯爵様たちはどれだけ強運なんです？」

店員は、俺たちが再び龍涎香を持参したことに驚いていた。

普通に考えたらまずあり得ないからだ。

なお、お店に俺たちが入っても問題はなかった。

なぜなら、店員も臭石のせいで臭かったからだ。

鼻が完全にマヒしているので、俺たちにはわからなかったけど。

「他のお客さんは大丈夫なのか？」

「臭石の件が知れ渡り来客はありません。多分明日からはお見えになると思います。ここは、日用品を扱っている店ではありませんので」

このお店の品はどれも非常に高価で、さらに嗜好《しこう》品の類《たぐい》が多い。

別に、購入が二、三日遅れたところで大した影響はないのか。

「う――――ん。龍涎香であってほしいです」

「半々なんだろう？」

「おおよそですよ。他の地域やお店は知りませんが、うちのお店の鑑定記録によると、六割の確率で龍涎香です」

おおよそ半々とは言っていたが、実は六割だったのか。

なら余計に、次も臭石という可能性は低いな。

「期待できそうだな」

「エルも大概調子いいな」

「臨時のボーナス最高じゃないか。ハルカさんとレオンになにか買って帰れるから」

六割と聞いたら、途端にエルもやる気を出したようだ。

現金な性格をしていると思ったが、四割のハズレを連続で引くなんてそうないからな。

つまり、いい匂いの龍涎香である可能性が高いわけだ。

「じゃあ、鑑定します」

店員は、再びカウンター奥の部屋に入って削った龍涎香を焚き始めた。

龍涎香か？

臭石か？

俺たちの間に緊張が走る。

「新車を買おうかな？」

「家……は、いらないか。とりあえず新刊を大人買いで」

「どこか高い店に行こうぜ」

「それはいいな、サイラス」

もし大金が手に入ったら。

モールたちは、期待に胸を膨らませていた。

「気が早くないか？」

「信じる者は救われるって、エリーゼも言っていたさ」

「お前、そういう時だけ神に頼るなよ……」

仕方がないだろう、エル。

俺は元日本人なんだから。

「なあに、今度こそは……がはっ！　またかぁ――――！」

「臭い！　鼻が曲がる！」

なんということであろうか？

まさか六割を二連続で外すとは……。

俺、運がなさすぎるだろう！

「そんなバカな……」

「まだ見ぬ彼女とのデート資金が……」

「やはり俺たちだからか？」

「また臭石でしたね……大きめなので八千セントになります」

また三日間、自分の体が臭いことが確定した店員は、涙目になりながら俺たちに買い取り金額を提示した。

臭石の買い取り金額に関してだが、値を釣り上げようと他の店に行ったとしてもさらに俺たちが不幸になるだけなので、これを受け入れるしかなかった。

こうしてモールたちは少々の纏《まと》まった金額を手に入れたが、一生遊んで暮らせるわけでもない。

それに、彼らは気がついているのであろうか？

＊　＊　＊

「我が国では、銀貨や銅貨は使えなかったんだ！」

「そもそも、貨幣の交換レートすら決まってない！」

「使えない金を手に入れてしまったぁ――――！」

残念ながら、現在ヘルムート王国と魔族の国は交渉中だ。

為替レートを決めるなどまだ大分先の話で、モールたちは分け前の銀貨と銅貨を見てガックリと肩を落としていた。

「こうなれば！　サイリウスの町で豪遊してやる！」

「魚と酒だぁ――――！」

「お土産大人買いの術！」

それでも、なんだかんだ言いつつもサイリウスの町での観光は楽しんでいるようなのでよかった。

彼らとも仲良くなれたことだし。

「変な魔族だな」

「暴力的ではないからいいのである！」

ブランタークさんと導師は、魔族らしくない魔族であるモールたちを見て、やはり首を捻《ひね》っていたようだが。

第五話　魔族の言動に既視感を覚えてしまう

「エリーゼ、ただいま。いやあ、まさか二連続で臭石《くさいし》を引いてしまうとは……」

「あなた、王宮とホールミア辺境伯家から使者が来ています」

「えっ、まるで俺の帰宅を狙いすましたかのように？」

ようやく体に染みついた臭いが消え、家代わりの魔導飛行船に戻ると、そこには王宮からの使者とホールミア辺境伯家の家臣がいた。

俺になにか急用があるようだが……なんだか、嫌な予感がする。

「何事です？」

「陛下からの勅命です。『本日初の交渉を行うも、双方、合意どころか交渉の継続すら怪しい。バウマイスター伯爵殿は至急テラハレス諸島群へ向かうべし』だそうです」

「俺が？」

「はい、他にバウマイスター伯爵様はいませんので……」

魔法しか能がない俺に、外交の仕事が与えられた。

無事に任務をまっとうできるのか、俺は不安に苛《さいな》まれそうになるのであった。

「ああ、嫌だなぁ……」

「しょうがねえだろう、陛下からの命令なんだから」

「絶対に邪魔者扱いされる……」

「それは覚悟するしかない」


俺は陛下の命令で、昨日やっと始まった魔族の国と王国との外交交渉に参加させられることになった。

場所は、テラハレス諸島上空に浮かぶ魔族艦隊の旗艦内である。

いわば敵地に乗り込むわけだが、王国からの外交団は今のところ何事もなくそこにいるようだ。

俺が嫌なのは危険だからというわけではない。

魔族よりも、交渉している味方の貴族たちに嫌がられ、嫌味を言われると思ったからだ。

彼らからすれば、俺は手柄を奪いに来た敵という扱いなのだから。

「昨日から交渉が始まったそうだが、ユーバシャール外務卿が役に立たないんだと」

「ユーバシャール外務卿ですか？」

陛下から名前くらいは聞いているが、どんな人かは知らなかった。

俺は王国でも有数の大貴族なのに、他の貴族をあまり知らないのだ。

「いつの間にか交代していたんですよね」

「ああ、閣僚職は数家で持ち回りだからな」

ただ、一度に全部の閣僚を交代させると王国の政治に混乱が発生する可能性がある。

そこで、各閣僚の交代時期をズラすのだ。

今回はたまたま、一ヵ月前に外務卿の交代があったばかりだそうだ。

「知りませんでした」

「閣僚の交代はある程度話題にはなるが、恒例行事だから気にしない人も多いし、なにしろ外務卿だからなぁ……」

外務卿はアーカート神聖帝国との折衝しか仕事がないので、閣僚職の中では一番の冷や飯食いである。

それでも、前任者は陛下と共に帝国との講和交渉を上手《うま》く纏《まと》めた。

手伝った王太子殿下共々、世間ではほとんど目立たなかったけど……。

「ユーバシャール外務卿って、能力的にどうなんです？」

「悪くはないって話だがな」

ブランタークさんは、事前にブライヒレーダー辺境伯から情報を集めていたようだ。

俺からの質問に答えてくれた。

「悪い評判は聞かなかったんだが、少し気が弱いという噂《うわさ》がある」

「それって、駄目じゃないですか？」

外交交渉をするのに気が弱いのでは、色々と不都合があるような気がする。

あまり強硬なのもどうかと思うが、押しに弱いのでは、一方的に相手の要求を呑《の》まされるだけであろう。

「他の能力は特に問題ないそうだし……」

「昨日は駄目だったんですよね？　だから俺が陛下に呼ばれて……。なんで呼ばれたんだ？」

俺は、外交交渉なんてしたことがないのに……。

せいぜい前世で顧客と交渉したくらいだ。

「帝国内乱で活躍したし、魔法使いだから魔族への脅しにはなると思われたのでは？」

だが、魔族は全員が魔法使いである。

向こうに戦いを挑まれたら、多勢に無勢で倒されてしまうと思う。

モールたちの話を聞くに、魔族が俺の戦歴を把握しているのかという疑問もあった。

「まさか、向こうもいきなり戦闘開始とは言わないだろう。伯爵様、行くぜ」

「はい」

「あなた、行ってらっしゃいませ」

「俺、フリードリヒたちの世話と釣りの日々、結構気に入っていたんだけどなぁ……」

「陛下からのご指名ですから」

思わず、エリーゼに愚痴を零《こぼ》してしまう。

さすがに最前線に赤ん坊を連れていくわけにもいかず、俺、ブランタークさん、エルの三名は、王国軍の魔導飛行船でテラハレス諸島へと向かった。

エリーゼたちは、それぞれに赤ん坊を抱きながら俺たちを見送ってくれた。

「沢山の若くて綺麗《きれい》な奥さんか……」

「俺の嫉妬の炎が、バウマイスター伯爵を照らす」

「燃やさないのかよ！　俺はこの怒りを観光に向ける！」

なぜか、耳を隠したモールたちも見送りに来た。

王国の空軍に雇われている魔法使いが、初めて見る中級魔法使い三名に首を傾《かし》げていた。

「あの三人は、臨時に雇ったんだ」

「ああ、冒険者ですか。バウマイスター伯爵様はお金持ちですね」

在野の魔法使いだと説明すると、彼らは納得した表情を浮かべた。

お上《かみ》に雇われている魔法使いは案外、在野の魔法使いを知らなかったりするので、俺の嘘《うそ》に気がつかなかったようだ。

「安心して、バウマイスター伯爵。代わりに釣りに行くから」

「観光ばかりだと暇だし」

「あとは、先生の論文執筆の手伝いとか、資料の整理とか、無職時代よりは充実しているな、俺」

今まで無職だったからといって、特に無気力でもないようだ。

観光に出かけ、釣りにも参加するといい、アーネストの仕事の手伝いもしている。

そういえばこの三人は、魔族の国ではトップレベルの大学を卒業しているそうだ。

王国なら数少ないインテリとして重用されているところだ。

それなのに職がないというのだから、魔族の国は案外詰んでいるのかもしれない。

「釣果によっては歩合も出るし、頑張るぞ！」

「目指せ！　釣り名人！」

「海域に主《ぬし》はいないのかな？」

「サイラスさんが、ヴェルと同じことを言っている」

「えっ？　釣りといえば主との遭遇でしょう？」

イーナが、俺と同じことを言うサイラスを不思議そうに見る。

見られたサイラスは『こんなの常識でしょう』という顔をしていた。

どうやら魔族の国にも、そういう創作物が存在するようだ。

「ヴェルって、どうしてこんなに魔族と仲良くなるのが早いのかな？」

「バウマイスター伯爵は、俺たちと考え方やメンタルが似ているからな」

ルイーゼの疑問に、サイラスが答えた。

確かに、魔族の社会は地球に似ているので、向こうの気持ちがよくわかるという点は大きいと思う。

「バウマイスター伯爵、そろそろ時間である！」

今回、導師は留守番である。

念のためアーネストたちの監視をしてもらうのと、導師まで行くとユーバシャール外務卿たちが態度を硬化させるかもしれないという、政治的な配慮のためでもあった。

彼は、陛下に近すぎるというのもあるのか。

いくら仕事ができない閣僚でも、相手は大貴族である。下手に気分を害して、事態を混乱させるわけにはいかない。

「では、行ってきます」

魔導飛行船は予定どおりに出発し、特にトラブルもなく数時間でテラハレス諸島上空に到着した。

「魔導飛行船の形状が違うか」

「材質も違うみたいですね」

大陸側の魔導飛行船は、軍用船の装甲以外はほぼ木製で帆船型であったが、魔族側の魔導飛行船は卵のような形をしている。

外装はすべて金属製で、普段は仕舞われているが魔砲も十数門装備されているようだ。

俗にいう空中戦艦というやつであった。

「戦ったら、王国空軍では勝てませんね」

「だから、なんとか交渉を纏めたいんだろうな、陛下は」

事前に行くことは連絡していたので、こちらの魔導飛行船は問題なく魔族艦隊旗艦の隣へと誘導された。

急ぎ旗艦へと移動して船内を歩くが、床も壁も金属製でそう簡単に破壊はできないであろう。

案内してくれている魔族の兵士は、とてもよく訓練されているようだ。

無駄口一つ叩《たた》かずに、俺たちを案内する。

「造りが凄《すご》いな、ヴェル」

「技術力に差がありすぎるな」

俺とエルは、近代的な造りの船に感心するばかりだ。

ブランタークさんが、継ぎ目のない金属製の床、壁、天井に感心していた。

「おおっ！　バウマイスター伯爵、よくぞ来てくれた！」

案内された室内に入ると、飛びつくようにユーバシャール外務卿が近づいてくる。

彼は三十代半ばほどの育ちのいい貴公子然とした人物であったが、気が弱いという噂は本当のようだ。

他の随員たちが見ているのに、俺たちを見て情けない声をあげるのだから。

「あの、なにがあったのですか？」

「あいつら、帝国の人間とは違うぞ！」

「それは、魔族ですからね」

ユーバシャール外務卿も、帝国との小規模会合や交渉は無難にこなしている。

だが、魔族となると別の種族だし、彼らが全員魔法使いということで怯《おび》えてしまっているようだ。

これでは、対等な交渉など期待できない。

「あいつらは、とにかくおかしい！」

「おかしい？」

「わけのわからないことを言うのだ！」

「まあ、お話を聞きましょうか」

このままだと埒《らち》があかないので、まずはユーバシャール外務卿の言い分を聞いてみることにする。

『ゾヌターク共和国外交団団長、レミー・シャハルです』

「バウマイスター伯爵、魔族は女ごときを外交団の団長にしたのだぞ！」

「（あちゃぁ……）」

ついさっきまでオドオドしていたくせに、俺たちが姿を見せたとたん、ユーバシャール外務卿は魔族側の責任者が女性であることをなじり始める。

王国でも帝国でも、女性が政治に参加するなどほぼあり得ない。

テレーゼなどは滅多にないケースで、それすら王国は認めておらず、女ごときを交渉に寄越したことに、ユーバシャール外務卿はキレているようだ。

自分がバカにされていると感じているのであろう。

「(まずいよなぁ……)」

いきなりそんなことで不快感を示したら、魔族側も気分がよくないであろう。

あちらにはあちらのやり方があるから、それにケチをつけてしまうと交渉自体ができないし、魔族側からすれば、王国側こそ女性を抑圧していると憤るだろう。

「あの女！　王国の政治にもっと女性や平民を活用すべきだと文句をつけおって！」

「(どっちもどっちだな……)」

魔族側にも問題があるようだ。

団長のレミーとかいう女性は民権党の政治家で、党幹事長、出身は女性社会進出平等機構で、その総裁でもあるそうだ。

政治には素人のようで、進んでいる我ら魔族が、遅れている人間に民主主義や男女平等を教えてやろうという態度を隠しもしないらしい。

おかげで、ユーバシャール外務卿は怒りで交渉を忘れるほどだったそうだ。

ただし、魔族が怖いのか彼女たちにはそういう態度は見せもせず、代わりに今、俺の前で怒っているのだ。

代わりに怒りをぶつけられる俺たちはいい迷惑であったが……。

「交渉に来ているのに、王国の政治体制にケチをつけおって！　それに、そもそもの原因が貴族の暴走によるだと！」

リンガイア拿捕《だほ》事件の原因は、最初に貴族の副長が魔法使いに発砲を命じたことにあると、魔族側は詳細な報告書を提出した。

調査を担当したのは魔族側の防衛隊なので、一応、虚偽を疑いつつひと通り読んでみたが、アラや矛盾点は見つからなかった。

「本当にこちらが先に領海・空を侵犯して魔法まで放ったのなら、それをまず謝って、次に平等な交渉を模索すべきでは？」

「それでは、魔族に舐《な》められるではないか！」

俺たちの前だと、ユーバシャール外務卿は強気のままだ。

俺とブランタークさんは、もしもの時は魔法で自分の身を守れるし、ここにいる魔族たちよりも魔力が多い。

だから多勢に無勢にもかかわらず、ユーバシャール外務卿は強気なのであろう。

先制攻撃の件を謝ると、王国が風下に立たなければならないと思っているのか、それともプラッテ伯爵家と繋《つな》がりがあるのであろうか？

どちらにしても、その強気を魔族にぶつければいいのにと思ってしまう。

「あの連中は何様なのだ！」

魔族側は、団長だけでなく他の団員たちもどこかおかしいらしい。

男女比はほぼ半々で、それは団長の意向のようだが、その中にあきらかに物見遊山にしか見えない素人のような人たちが交じっていて、そのためなかなか交渉が進まないそうだ。

魔族側には商売をしている者たちもおり、できれば交易がしたいと言ってきた。

参考までにと、交易量、禁輸品について、関税の額などの話をしていたら、その素人だと思っていた連中が余計な口を出してきたそうだ。

しかも、あまり交易には関係ない話題であったという。


『王国や帝国では、児童に対する強制的な労働や虐待などは深刻化していませんか？　もしそうなら、それはただちにやめさせるべきです！』

『書物などに差別用語などが使われていませんか？　私は差別用語撲滅運動の……』

『狩猟や、毛皮は残酷です！　それらを使った品の販売を禁止することを要求します！　私は動物愛護協会の理事をしておりまして……』


本来の交渉そっちのけで、よくわからない要求ばかりされて外交団は困惑。

ユーバシャール外務卿はどうしていいのかわからず、内心では激怒しつつも、ただ子犬のように怯えていたというのが真相のようだ。

帝国との交渉とはまるで違うので、初日は要求を聞くだけで終わってしまったという。

「(駄目だな……)」

ブランタークさんがボソッと呟《つぶや》くが、確かにこれを知った陛下が、俺たちを応援に回した気持ちも理解できる。

つまり、既存の貴族では手に負えないので、貴族としては異質な俺をぶつけて様子を見るということか。

「意味がわからん！　狩猟もしないでどうやって生活するのだ！」

「もしかすると、魔族の国は農業、畜産、漁業などが進歩していて、動物を直接殺すイメージがある狩猟に否定的なのでは？」

憤慨する外交団の一人に、俺は自分なりの見解で意見を述べる。

俺だって、狩猟と畜産の差なんてよくわからない。

「畜産だって、最後に家畜を締めると思うが……」

「ええと……。彼らはそういう風に考えているかもという推測です」

ユーバシャール外務卿のツッコミに、俺は反論する術《すべ》を持たなかった。

前世でも動物愛護団体が存在していて、抗議活動を繰り広げていた。

なかにはちょっと穿《うが》ちすぎでは？　というレベルのものもあり、俺も『なぜこんなことで抗議を？』と思いながらテレビを見ていたこともある。

そして、今、魔族にもそういう者たちがいることを俺は知ってしまった。

社会のモラルが多様化しすぎたせいなのであろうか？

「（魔法が全然役に立たない。このまま帰ってしまおうか？）」

なまじ魔族が言っていることがある程度理解できるため、俺は事態の深刻さも理解してしまった。

世の中、なにも知らない方が幸せということもあるのだ。

「海猪《うみいのしし》は頭がいいから殺すなとも言われたのだが、家畜は頭が悪いのか？　私にはそう差があるように思えないのだが……」

ユーバシャール外務卿の素朴な疑問はもっともなのだが、そう思うだけでは外務卿の仕事などできない。

上手く情報を集め、相手の考え方ややり方を理解し、対策を立てないと交渉すら難しいであろう。

「とにかく、明日の交渉でもっと詳しい話を聞きましょう」

その後、ユーバシャール外務卿たちとできる限り打ち合わせをしてから、翌日の交渉に臨むことにした。


「随分とお若い方ですね」

「若い分、思考が柔軟だと陛下が思われたのかもしれません」

翌日、魔族側の外交団団長のレミーとかいう魔族のおばさんは、まだ二十歳前の俺を見て驚いていた。

さすがに魔族側に未成年者はいない。

まあ、選挙権がないそうだからな。

「王国でも、その時に合わせた柔軟な人事も可能ですから」

とにかく、戦争にならないように上手く進めていかないと駄目だ。

魔族が民主主義的な思考を有する以上は、まずは若い俺がこの要職に抜擢《ばってき》された点をアピールすべきであろう。

魔族外交団の後方にいる防衛隊の隊員たちは、俺を見てヒソヒソと話をしている。

もしかすると、すでに帝国内乱の情報を得ているのかもしれない。

「(役人は優秀なんだな……。政治家は微妙なようだけど……)」

他にも、新聞記者らしき数名もいて丁寧にメモを取っているようだ。

交渉の様子を魔族の新聞で伝えるためであろう。

「しかしながら、外交団に女性がいませんね。これはよくありません」

レミー団長は、王国側の外交団に女性がいない点にケチをつけた。

このおばさんはそういう団体のトップであり、選挙では女性票を集めて当選したのであろう。

空気が読めないと思われても、そう問い質《ただ》さずにはいられないわけだ。

次の選挙にも関係しているのだから。

政治の素人で、ただ喚《わめ》いているだけかもしれないが。

「その件に対してお聞きしますけど、ゾヌターク共和国において女性の社会進出が進んだのはいつからですか?」

「およそ千年前です」

古代魔法文明が崩壊してから数千年前まで王政、そこから限定的な民主主義が続き、千年前くらいから女性も政治に参加するようになった、とレミー団長から説明を受ける。

「王国でも、女性は働いていますよ」

冒険者にもいるし、ギルドの職員、店員、神官なども女性比率が高い方だ。

「概《おおむ》ね三割以上は女性かと」

「政治家はどうなのです？」

「いなくもないかな？」

帝国ではテレーゼがいたし、男性が当主でも、本人に能力がない場合、奥さんが実務をやっているような貴族家もなくはない。

それほど多くはないけど。

「ゾヌターク共和国の政治家の女性比率はいかほどです？」

「二十一パーセントです……」

「防衛隊の女性隊員比率は？」

「……五パーセントほどです……」

やはりだ。

レミー団長は女性社会進出平等機構の総裁なので五割ではないことを言いにくそうにしていたが、現実はこんなものである。

世の中、そう都合のいい社会など存在しないのだ。

「ですが、そちらよりは女性は抑圧されていません！」

「抑圧ですか……」

その辺の感情が、俺は女性ではないのでさっぱりわからないのだ。

俺でもそうなのだから、ユーバシャール外務卿たちからすれば理解の範疇《はんちゅう》外なのであろう。

ただ、これだけは言えた。

「我らが住む大陸は、一万年前の古代魔法文明の崩壊でほぼゼロからのスタートでした。政治体制、社会生活の進化・変化には時間がかかり、これを無理に行うと無用な混乱が起こります。今、王国は発展を続けている最中です。これに手を出そうというのであれば内政干渉に当たりますが」

「しかし……」

「無理強いをするのであれば、これは双方にとって不幸な未来しか生みません。第一、この席は例の衝突事件の解決と、両国の通商・友好関係の橋渡しのはずでは？」

モールたちの考え方は間違っていなかった。

今、魔族の国の政権を握っている民権党は、実は外交などなにも知らない。

自身の母体政治活動にばかり目がいって、肝心の交渉を進められない。

これでは、なんのための政権交代であったかということになってしまう。

「こういうことは、時間が解決すると思いますが……」

王国のすべての女性が働き、すべての職種で男女比が半々になり、男性も育児と家事に参加する。

そして統治者は選挙で選ぶか。

いきなりそんなことになれば、王国は一気に崩壊するはずだ。

なぜなら、そのための下地がまるで出来ていないのだから。

まあ、どうせユーバシャール外務卿たちが反発して条件など纏まるはずもないが。

他にも、外交交渉なのに奇妙なことを言う魔族が多い。

「児童への虐待禁止ですが」

「子供は大切に育てられるべきですね」

とんだ詭弁《きべん》であったが、現状では王国が豊かになれば徐々にマシになるとしか言いようがない。

それに、どうせこの偉そうな魔族が王国を支配したとしても解決など不可能なはずだ。

「(言うだけ番長だな……)」

「言論の自由ですが」

「王国では、極度な王政批判以外は比較的自由に本を出せています」

あくまでも王国はという条件はつく。

貴族の領地で領民が領主を批判する本を書いた時、その対応は個々に分かれる。

教会も、独自によからぬ図書の摘発を行うこともあった。

正直、そう簡単に答えることなどできない。

「狩猟の禁止はどうなのです?」

「それは、現実的に不可能です」

魔物の領域のせいで農作物の生産量がなかなか上がらず、畜産を大規模に行う余裕がない。

肉を食べるためには、狩猟は必須であった。

毛皮も、王国北部や帝国への重要な輸出品だ。

綿花や絹の生産量の関係で、毛皮に頼らないと凍え死ぬ人間が増えるであろうと。

「それならば、我が国から食料と衣類を輸入すればいい!」

「交易に関しては、貨幣の交換レート、関税の額、交易量などで個別交渉が必要ですね」

その日は、なんとか交渉は続けるという結論にまで持っていけた。

だが、慣れないことをして俺はヘトヘトになってしまう。

やはり俺は、政治家になど向いていないのだ。

「伯爵様、内弁慶のユーバシャール外務卿より遥《はる》かに適性があるな」

「それは褒められたのでしょうか？」

交渉が終わると、ブランタークさんが感心した口調で話しかけてきた。

「ユーバシャール外務卿も、帝国との交渉ではしくじっていないからな。そんな彼よりも有能だって言っているんだ」

既視感のせいで魔族がどういう連中か理解できている分だけマシなのであろう。

言っておくが、俺に外交の才能なんてない。

「それよりも、あの狩猟するなってうるさい連中、すぐに黙ったな」

「ああ、それはな」

俺は、エルに説明を始める。

「彼らは、魔族の国で狩猟などを禁止する活動をしているだろう？　誰がその活動資金を出しているかわかるか？」

「それを不思議に思ったんだ。抗議活動で金になるのかって」

「なるのさ」

末端のボランティアでやっている人たちは、純粋に動物たちが可哀想《かわいそう》という意図かもしれない。

ところが、上でやっている連中はそれで金を得ているという現実がある。

「賛同者からの寄付金で組織を運営していたとしても、金を出している者の中に食料を扱っている大商会もあるはずだ」

正確には、食料を販売している大企業と商社か。

「なんでそんな連中が金を出すんだ？」

「簡単さ。農作物や畜産物を王国に売るためだ」

モールたちからの情報によれば、今、魔族の国では食料が余っているという。

だから、無職の人たちに無料で配給されていた。

同じく衣料なども余っていると推測すれば、俺が交渉次第で輸入もあり得ると言った時、一旦《いったん》矛を収めたことも不思議ではない。

顧客になるかもしれない人たちに、野蛮だのなんだのと言うのを避けたのであろう。

「俺たちが毛皮で作った服を着ていると、その分、服が売れないと考えて当然だろう？」

「善意の活動じゃないのかよ……」

一〇〇パーセント利益のためとは言わないが、少なくとも今回の交渉に来ている連中の脳裏には、彼らの意向が詰まっているはず。

「いや、彼らは本心から、動物が可哀想だからと善意で狩猟の禁止を訴えているさ」

ただ、そこに国やら利権が絡むと奇妙なことになる。

そういう組織の中に、金儲《もう》け目的の連中もいるかもしれないということだ。

「海猪も同じさ」

あれだけの巨体なので、食肉にすれば結構な量になる。

食料が余っている魔族の国の食品企業からすれば、自分たちの利益を奪う行為を、悪い行動にした方が都合がいいというわけだ。

「俺も、海猪が頭がいいというのが理解できない」

「そうだよな。牛や馬だって、飼えば普通に慣れるよな」

ブランタークさんも、エルも、魔族の言い分が理解できないようだ。

それは俺も同じだ。

帝国内乱でペーターから借りた馬を恩賞で貰《もら》ったので、今は屋敷で飼育してたまに乗っているが、賢い馬で、大して乗馬が得意でもない俺に上手く合わせてくれるのだ。

なお、海猪は獲《と》っているだけなので頭がいいのかはわからない。

「なんというか、小難しい連中だな」

「ある程度は話せたから、あとはユーバシャール外務卿に任せて大丈夫でしょう」

俺は、参加した交渉の議事録に魔族の考え方などの推察を急ぎ纏め、それを陛下とユーバシャール外務卿たちに渡す。


『異なる価値観を持つ別種族か……。帝国と手打ちになったと思ったら……』

陛下は深刻そうな声色だったが、今の技術格差などを考えると戦争は悪手だ。

最悪、帝国にも裏切られて挟み撃ちにされる可能性があった。

『帝国がか？　考えすぎじゃないか？』

「いいえ。そんなことはありません」

面倒なので、二台の魔導携帯通信機でエドガー軍務卿とも話をする。

もし王国と魔族が戦争になれば、帝国が裏切る可能性はゼロではなかった。

「魔族は、帝国内乱でミズホ公爵領が使用した魔銃や魔砲よりも高性能な装備を大量に保持しています。さらに、全員が中級以上の魔法使いです」

『だが、兵数は少ないんだろう？』

「そうですね。今は少ないですね」

今の王国軍でも全軍で決死の防戦を行えば、最初はどうにか数で魔族を撃退可能かもしれない。

だが、それで魔族が本気になってしまえば終わりであろう。

『多分間違いなく、俺も導師もブランタークさんも他の魔法使いたちも、みんなこの世にいないでしょうね』

まだ知らない、魔族の中でも高位の魔法使いたちが本気になれば、俺たちは刺し違えなければ撃退できないかもしれないのだ。

「魔導飛行船も、多くの精鋭も失うでしょう。本気になった魔族は、軍備を増強して再度攻めてくる可能性があります。魔族の若者に無職が多いことも災いするでしょう」

若者を褒美で釣って、王国の支配を目指すかもしれない。

また、『内乱での兵士たちの犠牲を忘れるな！』と、魔族たちが帝国政府を煽《あお》る可能性もあるのだ。

「帝国が、魔族の調略に乗っかるかもしれないですよね？」

魔族と帝国で王国を挟んで追いつめる。

ペーターとしても、帝国が魔族と戦って負けるくらいならばと、王国との講和を破棄して共同で攻め込んでくる可能性もあった。

魔族は数が少ないので、内乱で疲弊した帝国は利用価値があると思うかもしれない。

『ううっ……。帝国の国力が落ちて少し楽になったと思ったら……。通商と波風立てない交流で時間を稼ぐしかないな』

戦争で勝てない以上は、上手く対等な条件で友好条約を結ぶしかない。

エドガー軍務卿としても、無謀な戦争で国を失うわけにはいかないというわけだ。

「ただ、救いはあります」

『救いとは？』

まず、王国と魔族の国との間に対立が少ないこと。

リンガイアの件があるが、魔族側にはまったく負傷者が出ていない。

今までに交戦したこともないし、むしろ二百年前まで戦争をしていて、先年には内乱中の隙《すき》を突くかのように我が国のレーガー侯爵が攻め込んで交戦した帝国よりも因縁が少ない相手であった。

『確かに、帝国よりは恨みつらみはないよな』

「あとは、魔族の考え方ですね」

一部過激な者もいるらしいが、その数は非常に少ない。

魔族の大半は人間よりも生活水準が圧倒的に上で、無理に侵略などする必要はないと思っている。

『そういう考え方ができるとは羨《うらや》ましい限りだの』

王国でも過激な好戦派は少ないが、帝国内乱の時には陛下が出兵を抑えるのに苦労した。

領地が増えるという誘惑に、貴族が耐えられなかったからだ。

『魔族はそうじゃないのか？』

「それがですね……」

魔族の住む島はゾレント島と命名されているが、広さはリンガイア大陸の四分の一ほどもあって亜大陸といえる広さだった。

「昔は、ほぼ全域に魔族が住んでいたようですが……」

少子高齢化で人口が減り、多くの領域が放棄されてしまった。

今では、島の四分の三が無人の土地だそうだ。

「他にも開発可能な土地はありますし、魔族がその気になれば魔物なんて簡単に駆除できますよ」

切り開いても住む魔族がいないので、多くの自然や魔物の領域がそのまま放置されている。

一部、魔族の学者が研究をしたり、自然保護区に認定されているくらいだそうだ。

『勿体《もったい》ない話だの』

「かもしれませんが、ここへの移住は絶対に提案しないでくださいね」

『なぜだ？』

「魔族の中の好戦派を刺激しますから」

人間が時間をかけて我ら魔族の土地を奪い、滅ぼそうとしている。

そう言って魔族を煽り、リンガイア大陸侵攻を口にする者が出るかもしれないからだ。

『開発は、まだ数百年は王国領内を優先するしかあるまい。魔族の国は遠いので、移民を送ってもコントロールが難しいからの』

陛下は、このリンガイア大陸の開発がまだ全然終わっていないのに、さすがに魔族の国への移民は考えていないようだ。

『状況はほぼわかった。しかし、予想以上にやるの、バウマイスター伯爵』

「まぐれですよ」

そう、俺に外交官としての能力などない。

たまたま地球と、魔族の国の政治状況がよく似ていただけだ。

相手をある程度理解できるのだから、よほどの無能者でなければこのくらいの対応は可能である。

「ですが、俺の仕事はこれで終わりですよ」

『ユーバシャール外務卿か……』

最初は魔族がわからなすぎて混乱していたユーバシャール外務卿であったが、今はある程度魔族について理解できたので助けは必要ないと言ってきた。

『外交閥でもないバウマイスター伯爵にお株を奪われっ放しでは、ユーバシャール外務卿も気分を害するか』

「はい」

『余も、ユーバシャール外務卿と連絡を絶やさぬようにする。バウマイスター伯爵も、念のために待機していてくれるか？』

「わかりました」

テラハレス諸島群にいなければいけないが、もう交渉には出なくていいらしい。

無理に出しゃばってもユーバシャール外務卿たちに嫌がられるから、これはありがたかった。

「ただ、エルとブランタークさんとだけで？」

「随分な言い方だな。俺だって、ハルカさんが傍《そば》にいた方がいいに決まっている！」

「俺は、美味《おい》しい酒と肴《さかな》があれば。どうせ奥さんと娘は連れてこれないし」

ただし、俺は連れてきても問題ない。


というわけで、早速エリーゼたちを呼び寄せた。

「魔族の軍隊、魔族の外交使節団、ホールミア辺境伯家水軍の偵察艦艇、王国軍外交使節団が集まってピリピリしている現場に赤ん坊連れであるか。バウマイスター伯爵は大胆である！」

テラハレス諸島群には五十近い島があるが、現在魔族が基地を建設してるのは一番大きな島のみで、他にはいくつかの島に警備兵を置いているだけである。

俺たちは一番外縁部にある小さな島に、帝国内乱の時と同じく石材で家を建て、簡単な港を作って船を置いた。

「ヴェル君も、大物貴族らしくなったのかしら？」

「一応、援護射撃ですよ」

「私にはよくわからないけど、魔族の魔導飛行船って変わっているのね」

これまで主に赤ん坊の世話を担当していたアマーリエ義姉《ねえ》さんも、なにも言わずについてきた。

一部護衛の兵士たちと家臣はサイリウスに残し、漁を頼んでいる漁民たちの管理を任せることにする。

数名の漁師たちにも来てもらって、今は島の海岸に魔法の袋から船を出して、その整備と出航準備を行っていた。

「ヴェル、これはバカンスなのか？」

「そんなところ」

どのみち、陛下からの命令でテラハレス諸島群にはいないといけないし、ただいるだけでは退屈だから、俺はエリーゼたちと共に無人島でバカンスを楽しむことにしたのだ。

「魔族の軍隊がいるんだけどな……」

「大丈夫さ」

いきなり、こちらの拉致や殺害を目論《もくろ》んだりはしないであろう。

もしそんなことをする連中なら、とっくにユーバシャール外務卿たちはこの世にいないはずだ。

「彼らは、自分たちが進歩的で文明的であることに誇りを持っている。いきなり俺たちになにかする可能性は低いさ」

「でも、ゼロじゃないぜ」

「この交渉が決裂すれば、最悪戦争になる。魔族の軍隊が相手だと、どこにいても結果は同じだからな。ならば、少しでも援護射撃をしないと」

「援護ですか？　ですが、ユーバシャール外務卿が嫌がりませんか？」

フリードリヒを抱いたエリーゼが、俺の考えに疑問を呈した。

「ユーバシャール外務卿とは別に行う」

「援護がバカンスなの？」

「結果的に、そうなる可能性が高いというわけだ」

「わからないわ」

俺の発言に、イーナは首を傾げた。

確かに、俺の考えている援護は大陸に住まう人たちには理解できないと思う。

「とにかく、バカンスを始めよう」

というわけで、数時間で住む場所も出来たのでフリードリヒを抱いて海岸を散歩する。

「フリードリヒ、綺麗な海だろう？」

「あ――」

「開発が入っていないからな。自然のままなんだぞ」

「あぅ――」

「そうだな」

「あのよ、ヴェル。やっぱり会話になっているようでなっていないから」

「大丈夫、フリードリヒはもうわかっているから」

「親バカかよ！」

「悪いか！」

この子は、俺の跡を継いで面倒な貴族や王国政府と渡り合ってくれるはず。

母親はエリーゼだし、魔力も伸びるだろうし、優れた二代目になってくれるはずだ。

「そして、俺は安心して引退するわけだ。あとは自由に気ままに生きるぞ」

「お前、生まれたばかりの赤ん坊にそういうプレッシャーを与えるなよ……」

賢いフリードリヒが早めに家督を継ぎ、俺は安心して早めの隠居生活を送るプランに対し、エルが文句を言う。

「とにかくだ。今は、元気に育ってくれればいいのさ！」

「お前、誤魔化しただろう？」

エルのツッコミは無視して順番にアンナ、エルザ、カイエン、フローラ、イレーネ、ヒルデ、ラウラと生まれた順に抱いていく。

何度見ても赤ん坊は純真で可愛《かわい》いものだ。

すでに薄汚れてしまった俺とは比べ物にならない。

夕方になり、エリーゼたちが子供たちに母乳を与えてから、野外でバーベキューを行う。

貯蔵していた肉、野菜などに、連れてきた漁師たちが獲ってきた魚介類も焼かれ、久々に休日をエンジョイしていた。

「ここ最近は、文句を言いつつ楽しんでいたようにも見えるのであるな」

「そう言うアーネストはどうなんだ？」

「我が輩は、趣味と仕事が一致しているのであるな」

家は三つ作り、一つは俺たち、もう一つは漁師たち、あとの一つはアーネストとモールたち、それに導師とブランタークさんが使用していた。

モールたちはサイリウスの町はもう十分に観光したと言い、アーネストは論文の執筆はどこでもできるからとついてきたのだ。

「しかし、なかなか纏まらない交渉であるな」

「先生、相手は民権党の新人議員ですから」

「政治家としては微妙？」

「いきなり交渉決裂で、『戦争だ！』とか言わないだけマシですって」

どういうわけか、モールたちからのレミー団長たちへの評価も低かった。

地球にも、こんな政治家がいたようないないような。

「それでさ、この遊びが交渉の援護になるの？　ボクとしては、ヴェルがエルザたちの相手をしてくれて嬉《うれ》しいけど」

「ふっ、戦争はよくないです。赤ん坊は国を救うのです」

「子供がいないと、あとで王国が大変なのはわかるけど……」

ルイーゼは俺の考えが理解できないで悩んでいたが、突然、戦闘体勢になってある方角に殺気を向ける。

「いや――。人間の魔法使いもやるっすね。さすがに、実戦経験者は違うっす」

「誰かな？　子供たちがいる以上は、ボク容赦しないよ？」

「いえいえ。自分に戦闘の意思はないっすよ。これでも、奥深い魔物の領域にも取材に行くこともあるっすから、ある程度は鍛えているっすけど」

「取材？」

「はいっ！　肝心の交渉の方がグダグダで、編集長がなにか面白い記事を送れってうるさいから、ここは、変わったことを始めたバウマイスター伯爵さんの取材をしようかなと思ったっす」

ようやく、俺が期待していた人というか魔族が姿を見せた。

その魔族は二十代前半くらい、ダークブラウンの髪を三つ編みにして後ろで束ね、目には丸眼鏡、ツナギに似た服を着て、首には魔道具のカメラを下げていた。

「どうも、エブリディジャーナルの新人記者ルミ・カーチスっす。取材の許可を頂きたいっすが……」

「取材ですか？　どうなのヴェル？」

「別に俺はいいと思うよ。外で話すのもなんなので中にどうぞ」

「申し訳ないっすね」

『取材』という単語自体に縁がないイーナが彼女に対し疑惑の目を向けたが、俺からすれば待ち人来《きた》るである。

俺の予想どおり魔族のマスコミが姿を見せ、俺の、魔法を使わない援護作戦が始まるのであった。

素人の俺でも知っていた、マスコミ対策くらいはできるであろうから。

第六話　魔族の新聞記者ルミ・カーチス

「魔族には新聞という情報伝達手段があり、その情報を元に世論が形成されることも多い。選挙で政治家が選ばれる以上、政治家を選ぶ判断基準となる新聞の報道に政治家は敏感だ。もし新聞社を敵に回して批判でもされたら、民衆の支持を失って選挙に落選することもあるのだから」

「いや――――、バウマイスター伯爵さんは博識っすね」

「自らが、新しい権力であると言っている者もいるな」

「バウマイスター伯爵さん、本当に詳しいっすね」

結構適当に言ってみたんだが、ルミは俺の発言に感心していた。

もしやと思ったが、魔族のマスコミにも腐敗した連中がいるようだ。

「権力は時が経《た》てば腐敗するので、新聞も腐敗しているかもしれないけど」

「厳しい一言っすね。本当に、バウマイスター伯爵さんは魔族の国にお詳しいようで……」

突如、俺たちの前に姿を見せた、エブリディジャーナルの新人記者ルミ・カーチスという魔族の女性。

彼女は、魔族の国で一番の発行部数を誇る新聞社の新人記者であった。

「新人さんなのに、外交交渉に同伴可能だったんだ」

「団長のレミーさんは、女性の社会進出を推進しているっすからね。自分は女性なので選ばれたっすよ。まあ、特にすることもないんすけど」

「交渉を取材だっけか？　しないの？」

「ルイーゼさんっすよね？　そこは建前で、自分みたいなペーペーで若い女性記者が出しゃばると、年配の男性記者たちがうるさいんすよ」

「レミーさんは文句を言わないの？」

「あの人も、結構いい性格しているっすからね。自分たちと同行する記者団に女性が交じっていれば、それだけで宣伝になるからなにも言わないんすよ。これを男女同権に向かって一歩前進と言うか、形式だけ整えたと言うかは、判断に悩むところっすね」

他にベテランの男性記者が数名いるので、交渉関係の報道ではルミには仕事がない状態だそうだ。宣伝のために連れてこられたのだろうが、重要な交渉関連の取材を、新人のそれも女性に任せることはあり得ないのであろう。

「あんなグダグダの交渉、新聞とやらに書いて誰が読むんだ？」

「『グダグダしているから、民権党の政治家は駄目だ！』とか、『さすがは民権党、ジックリと交渉している』とか、記事はいくらでも書きようがあるっすね。どう受け取るかは読者次第でして」

「身も蓋《ふた》もない言い方だな……」

ブランタークさんは、ルミの発言に呆《あき》れ顔だ。

「エブリディジャーナルの元記者には、今は民権党の政治家って人も多いっすから。もちろん国権党にもいるっすけどね。今の政治部長が民権党の政治家になった元記者の部下だったとかで、民権党批判が激しいと、記事の表現を和らげるようにうるさいっす」

「いい加減だな」

これを談合、忖度《そんたく》、慣れ合い、大人の対応……どう言えばいいのかわからないが、立場に応じて色々と言い方が変わってくると思う。

「真のジャーナリズムへの道は遠いっすね」

王国や帝国にも号外形式で配られたり、週に一度、月に一度といった感じで発売される瓦版のようなものがある。

庶民たちはこれで情報を得るわけだが、貴族の領地だと領主批判は難しい。

昔、ブライヒレーダー辺境伯は、俺の王都滞在時の情報を面白おかしく書かせてバウマイスター騎士爵領の領民たちに配ったことがあった。

それも原因となってクルトは暴走したのだから、報道で政治をコントロールする手法に貴族でも政治家でも違いはないというわけだ。

「それで、私たちを取材してなにか記事になるのですか？」

「エリーゼさんでしたっけ？　十分になるっすよ！　ああ、一応独占取材させてもらえる立場として、配信する記事は事前にお見せするっす。プライバシーの問題とか、うるさい連中もいるっすから」

というわけで、いまだ交渉が続くなか、テラハレス諸島群の端の島でバカンスを楽しみながらルミの取材も受けることとなった。

「バウマイスター伯爵さんは、お仕事があるっすよね？」

「まあね」

交渉があの様《ざま》なので、俺は『瞬間移動』を使って三日に一度はバウマイスター伯爵領で土木工事をしている。

特別になにかがない限りは午前中に終わるようスケジュールを調整する、といった条件をローデリヒに出している。

あとは、一週間に一度はサイリウスの港に飛び、漁師たちに貸している船の魔導動力に魔力を補充している。

残留している兵士や家臣が彼らを管理し、漁の成果を駐留している軍や市場に販売する仕事をしていた。

「残りは、この島でバカンスっすか？」

「一応、待機ということで」

「了解っす！」

ユーバシャール外務卿たちはもうなるべく俺に頼りたくないようで、基本は無視されている。

専門分野に素人が口を出せば、嫌な顔をされるのは当然だ。

そこで、残りの時間は自由に過ごしていた。

元々好きで来たわけではないし、俺も他人の仕事を奪ってまで働きたいとは思わないからだ。

「オムツ替えが、ほぼ全員一斉にくるとは！」

朝、アマーリエ義姉《ねえ》さんが、フリードリヒたちのオムツ替えに一人奔走していた。

他のメイドたちは一部を除き、場所が場所なので今はサイリウスに残留している。

おかげで、アマーリエ義姉さんは忙しいようだ。

ドミニクとレーア、アンナもいるが、彼女たちは食事の支度をしているからだ。

「あっ、俺も手伝います」

「ヴェル君、ここではいいけど、バウマイスター伯爵領ではやっては駄目よ」

「わかっていますよ」

赤ん坊のオムツを替えるのは、最初は苦戦したが、ある程度数をこなせば俺にもできるようになった。

どんなことでも、基本的には慣れればなんとでもなる。

「へえ、伯爵さんがオムツ替えっすか？」

「普段はしないけど、こういう時にはやるよ」

普段やらないのは一応伯爵なので外の目もあるし、当主がメイドやベビーシッターの仕事を奪うのは問題でもあったからだ。

こういう、ほぼ家族だけの状況なら、俺がオムツを替えても問題ない。

「貴族も色々と大変なんすね」

「私も手伝いますわ」

「カタリーナは、魔法の訓練終わったのか？」

「ええ。もうヴェンデリンさんのように魔力は上がりませんけど、魔法の精度にはまだ課題が多いですわね」

カタリーナに続き、外で特訓をしていたエリーゼたちも戻り、みんなでオムツを替えたり母乳をあげたりしていた。

「子供を産むと、胸が大きくなるって聞いたんだけどなぁ……。カチヤですら、多少は大きくなっているのに」

「こらルイーゼ！　気を悪くするぞ！　あたいは元々、そこそこはあるんだ！」

お乳をあげながら、ルイーゼが自分の胸のなさをボヤく。

母乳が足りないわけでもないので、俺は問題ないと思うのだが……。

「ねえ、記者さん。魔族の女性は子供を産むと胸が大きくなるの？」

「そうっすね。個人差っすかね？　自分、子供を産んだことがないのでわからないっすけど」

「ルミさんは、お仕事に生きているのですか？」

以前は冒険者稼業オンリーであり、三十歳になってようやく出産したリサがルミに質問をする。

「できれば結婚したいとは思うんすけど、この仕事って時間不規則だし、相手もいないから暫《しばら》くは一人っすね。しかし、赤ん坊が九人もいると凄《すご》い光景っすね」

ハルカが自分の子供の世話もしているので、部屋には赤ん坊が九人もいる。

魔族の国でこんなに赤ん坊が集まるのは、大きな病院だけだとルミは言う。

「そういえば、魔族は少子高齢化なんだって？」

「同朋からの情報っすね」

＊　＊　＊

ルミは、アーネストやモールたちの存在にとっくに気がついていた。

『先生、なにをしているんすか？』

最初ルミは、アーネストの顔を見て驚いていた。

まさかこんなところで会えるとは、といった感じの表情だ。

『うん？　我が元教え子であるな。我が輩なら、真の研究をしているのであるな』

『先生は、相変わらずの奇人、変人ぶりっすね』

『我が輩の教え子で、考古学に進んだ者がいないとは……。嘆かわしい限りであるな』

『先生、考古学では飯は食えないっすよ』

ルミは、モールたちと同じことを言った。

『文化部の記者なら、我が輩も教え子を褒めたのであるな』

『うちは、文化部は扱いが悪いっすからね。花形はやっぱり政治部っすから』

最初に新聞は政治面だけじゃないと言っていたルミであったが、実はちゃっかりと政治部所属だったようだ。

『無念であるな』

ルミはモールたちと同じ大学の出で、彼らの二年ほど先輩なのだそうだ。

そしてなんと、アーネストの教え子でもあった。

ただしアーネストからすると、ルミは不肖の教え子であった。

『先生が生きていたとは驚きっす。取材で得た情報によると、先生は『アテモンゴ大森林』で未知の遺跡を探索中、魔物に食われて死んだって結論づけられていたっすよ』

俺に言わせると、アーネストほどの魔力の持ち主が、そう簡単に魔物の餌食になるとは思えないのだが……。

『こいつは、殺しても死なないのである！』

導師も同じ風に思っていたようだが、彼も殺しても死なないタイプなので、他人のことは言えないと思う。

『我が輩、文化系で戦いは苦手なのであるな』

『抜かせなのである！』

やはり、アーネストと導師の相性はあまりよくなかった。

『それにしても、マスコミもいい加減であるな。我が輩は、新しい未知の遺跡を求めてリンガイア大陸に向かったというのに。ジャーナリズムは、第四の権力を自称して権力の腐敗に呑《の》まれたのであるか？』

『先生、相変わらず毒舌っすね。あと……駄目な後輩たちもいるっすね』

ルミの視線は、顔見知りであるモールたちへも向く。

それにしても、世間とは本当に狭いものらしい。

『先輩、自分は就職できたからって酷《ひど》い言い方ですね』

『そうですよ』

『俺たちは、こうして元気だからいいけど』

『青年軍属を抜け出して、行方不明だったアーネスト先生と共にバウマイスター伯爵さんのところにいるとは、事実は小説よりも奇なりっすね』

ルミは、脱走兵と認識されても文句が言えない行動を起こした後輩たちに呆れていた。

『俺ら、脱走で死刑?』

『ならば、政治亡命を希望します』

『戻って死刑は嫌だから、それもいいな』

『死刑? そんな結果になるわけがないっすよ。後輩たちが常識外れなのは間違いないっすけど』

青年軍属たちが問題ばかり起こして使い物にならないことを、すでに防衛隊の連中は諦め、受け入れている。

問題を起こすとはいっても、大半が働きが悪いとか、待遇の改善ばかり言うとかだ。

そんな中で、釣りに行くという理由で島を出てしまった三人は、防衛隊上層部の心胆を凍らせるのに十分であった。

『大昔の法だと防衛隊イコール軍なので、脱走は死刑っす』

だが、実際にモールたちを死刑にするわけにはいかないらしい。

『青年軍属とはいっても、基本は短期労働者っすから』

正式な軍人ではないので、逃げたからといって死刑にするわけにもいかない。

法を拡大解釈して処罰するにしても、今度は別の問題が浮上する。

『防衛隊は、すでに軍ではないという考えの人もいるっす』

魔族にも不戦・平和団体がいて、彼らからすると今の戦争がない状態は好ましい。

防衛隊は治安維持と災害救助の手伝いだけしていろという意見であり、彼らは今回の防衛隊派遣を苦々しく思っているそうだ。

『そういう連中からすると、脱走した軍属の処罰なんて軍を復活させるようでおぞましいと、反対運動が起こる可能性が高いっす』

そこに、防衛隊の縮小論を唱える人々、人権団体などが加わって大騒ぎとなるのは確実で、今の政府はそれに抗《あらが》えない。

なぜなら、彼らは与党民権党の支持母体であるからだ。

『政治の問題かよ……』

『まあ、あれっすね。魔族も魔族なりに悩みがあるんすよ』

政権成立直後にこの事件なので同情論も多いそうだが、政治家は結果を出さないと意味がない。

それが今の政府の悩みだとルミが語る。

『そんな状態なので、自分はバウマイスター伯爵さんを取材して別視点でいくっす。先生たちは、今は見なかったことにするっす』

ルミは、取材は続けるがアーネストたちのことは記事にはしないと断言した。

『下手に記事にすると「魔族から裏切り者が出た！」とか「売国奴だ！」とかうるさいのがいるっすから』

以上のような経緯で、またもアーネストは元教え子と再会することになったのであった。

＊　＊　＊

「ヴェル君、みんな眠ってくれたわよ」

「じゃあ、休憩にしますか」

「そうね。お茶を淹《い》れるわ」

フリードリヒたちは母乳をお腹一杯飲み、オムツも綺麗《きれい》になったのでスヤスヤと寝ていた。

赤ん坊は寝るのが仕事なのでこれでいい。

アマーリエ義姉さんが全員分のお茶を淹れてくれたので、俺たちはそのまま休憩がてらルミと話を続けた。

「魔族ってのは、子供が生まれにくいっすからね。人間が羨《うらや》ましいっすよ」

「羨ましいの？」

「イーナさん、自分も普通に結婚して子供くらい産んでみたいっすから」

魔族は人間の三倍近い寿命があるので、大体二百五十年から三百年の人生だそうだ。

寿命が長い分、子供が生まれにくく、それで魔族は少子高齢化に悩んでいるらしい。

ルミもまだ独身だと教えてくれた。

「魔族は若い期間が長いっすけど、まず五十歳を超えないと結婚しないっすね」

二十歳くらいまでは、人間と成長速度に差がないらしい。

だが、二十歳で成人しても今は職がないので、恐ろしく長い学生期間が存在した。

「それで、二百歳くらいまでは人間でいう二十代前半くらいまでしか年を取らないっす」

残りの五十年から百年で、徐々に年を取るそうだ。

ということは、あのレミーとかいうおばさん、実は二百歳を超えているのか……。

「五十歳で結婚すれば、子供は二、三人は産めるっすけど」

晩婚化が進んで百五十歳を超えて結婚する魔族も多く、そうなると子供は一人が限界。

出生率が二割を切れば、人口減、少子高齢化社会というわけだ。

「政府は対策を立てているっすけど、若者の半分に職がないので、無職で結婚は辛《つら》いっすね」

ルミの視線は、後輩である無職三人組に向く。

「先輩こそ先生にも負けない毒舌だから、在学中に彼氏がいた例《ため》しがないんですよ」

「俺でも、在学中は彼女くらいいたのに……」

「先輩、顔もスタイルも悪くないんですけどね。なにか足りないと思っていたのだけど、それは優しさだったんだな！　エリーゼさんたちを見て俺は確信した」

「ううっ……むかつく後輩たちっすね……」

学生時代に彼氏がいなかった件が後輩たちによって暴露されたルミは、恨めしそうに彼らを見つめる。

「でも自分、基本的に寛容っすから、主夫をするなら婿にしてやるっすよ」

「先輩をですか？」

「ごめんなさい」

「友人としてはいい人だと思うんですけど……」

「無職で毒男の後輩たちにまでフラれたっす！」

ルミは見事にモールたちにもフラれ、一人肩を落とした。

モールたちも、女性なら誰でもいいわけではないようだ。

「もういいっす！　自分、仕事に生きるっす！」

だが、ルミは根がポジティブなようで、すぐに立ち直って取材を再開する。


赤ん坊の世話が終わると、今度は朝食の時間になる。

「ご飯をよそい、その上にしょうゆ、みりん、砂糖で漬けた魚の刺身を乗せ、ゴマ、三つ葉をアクセントに、最後に熱い出汁《だし》を注ぐと……」

今は魔族の国の空中艦隊が遊弋《ゆうよく》しているが、テラハレス諸島群は漁師たちも来ないので魚の宝庫であった。

俺たちで漁に行けない時には、連れてきた漁師たちに任せてその成果を調理して食べる。

せっかくなので、新鮮な魚料理を多く出すようにしていた。

和食が多いのは、ミズホ公爵領経由で他の材料を仕入れているからだ。

「あ――――、朝酒最高」

「ブランタークさん、飲み過ぎは駄目ですよ」

「一杯だけさ」

ブランタークさんは魚の干物を肴《さかな》に、朝から一杯やっていた。

エルがそれを窘《たしな》めながらご飯を食べているが、食卓には焼き魚の他、煮物なども出ている。

「新鮮な魚は美味《うま》いな」

「であろう？　沢山食べるのである」

「いや、導師様みたいに丼は不可能だから……」

カチヤは、刺身茶漬けを丼で食べる導師に驚いていた。

「おかわり」

「ヴィルマは相変わらずだな！」

その丼をおかわりするヴィルマの方がもっと凄かったが。

「バウマイスター伯爵家生家伝来の食事とか、そういうのは食べないんすか？」

「えっ？　食べたい？」

ルミは、貴族家には代々伝わる伝統メニューなどがあって、それを常に食べるものだと思っていたようだ。

あの薄い塩スープを食べたいとは。どう考えても、中流家庭の出であるルミの方がいいものを食べているであろうに。

多分、俺がもの凄い上流階級の出だと誤解しているんだな。

あとは、貴族にも色々と差があることに気がついていないかだ。

「興味あるっすね」

「変わってるなぁ……。今は材料がないから作れないけど」

スープに入れる野菜やクズ肉、硬い黒パンも、今は逆にその材料がない。

残念なことに口が肥えてしまったようで、今ではうちの両親ですら食べなくなっていたからだ。

『不味《まず》いな。俺は、よく何十年もこんなメシを食えていたな』

『あなた、なにも今無理をしてそんなものを食べなくても……』


前に、父が遊びで昔の食事を母に作らせて食べてみたそうだが、塩のみで、しかも味付けが薄いので不味くて食べられなかったと、パウル兄さんから聞いたことがあった。

「資料が間違っていたんすかね？　大昔の魔族の貴族はそうだって書いてあったんすよ」

王国貴族は、ここぞという時に客に出す定番メニューのようなものはあったが、普段は特に決まったメニューを食べるようなことはしない。

ただし、昔のうちの実家のように手に入る食材が限定されているので、同じような食事ばかり出る家は多かったが。

「昔のバウマイスター家のメニューなら、毎日同じだったけど……」

その理由とメニューを教えてあげると、ルミは『食べたくない』という表情を浮かべた。

「極貧からの出世っすか？　記事になるっすね」

ルミは大喜びでメモを取り続ける。

「そういう話って、魔族の一般人にウケるの？」

「ウケるっすよ」

魔族の国でも、貧困の幼少時代を経て若くして会社の経営に成功した人や、名を成して政治家になった人の書籍などは、ベストセラーになるケースが多いのだそうだ。

俺が、その凄い人たちと肩を並べるというのもおかしいと思うのだが。

「そういうのに憧れるって、魔族も人間も同じっすよ」

「それもそうか」

人間と同じく、成功者への憧れと好奇心が強いのであろう。

「いやあ、いい記事が書けそうっすね。ところで、人間は魚が好きっすね」

「魔族は魚を食べないのか？」

「食べる量は少ないっすね」

魔族が食べる魚の大半は養殖魚で、あとは極一部の地方の漁師や、釣りを趣味にしている人が釣った魚を食べるくらいらしい。

そして、その少なくなった漁師に動物愛護団体が噛《か》みついて衝突、時おりニュースになるそうだ。

「漁は自然を壊すというのと、自然の魚を殺すのは可哀想《かわいそう》ということっすね」

「養殖でも、魚を殺してるような気がするけど……」

「エルヴィンさん、そこはいろいろ理由を作って誤魔化すというパターンすよ」

「俺には理解できない……」

自然界にいる魚を獲りすぎると生態系がおかしくなるので、養殖魚なら大丈夫という考え方なのかもしれない。

ただその考え方のせいで、魔族は海沿いに住んでいる人たちしか魚を沢山食べないようだ。

「内陸部の魔族は、肉と穀物が主食っすね」

大規模農場と畜産場で安く手に入る材料を、大規模食品加工メーカーが加工し販売する。

薄利多売を維持するために商品数は少なく、変わったものを食べたければ高級なお店に行くか、自分で材料を入手して調理するしかなかった。

「魔族は、毎日同じようなものを食べている人が多いっすね」

同じようなものだから安価に量産できて、食料が余るほどあるわけだ。

そういう社会だと飢えが原因の革命は起こらないのであろうが、面白みには欠けるかもしれない。

「食べ物は、人間の方が美味《おい》しいのであるな」

「先生、昔は味音痴だったじゃないですか。毎日研究室から出ないで、食パンだけ齧《かじ》って」

ルミによると、アーネストは研究に熱中すると発掘以外では外に出かけなくなるそうだ。

よくよく考えてみると、今とまったく同じ生活であった。

「昔は食事に興味がなかったのであるな。今は、多彩な食事が出るので我が輩も満足であるな」

そういえばアーネストは、出される食事は残さず全部食べていた。

最初は食事に興味がないのだと思っていたが、実際には食事を楽しみにしていたようだ。

「しかし、こんな普段の生活が記事になるのか？」

「大丈夫っすよ。バウマイスター伯爵さんは理解しているようですけど」

エルが考える新聞の取材とは、俺が堅い政治の話をしてルミがそれを記事に纏《まと》めるとかそんなイメージなのであろう。

最初の説明と、ルミから見せてもらった新聞の現物でそう感じていたようだし。

「新聞は、政治面だけじゃないっすよ！」

そして、その日の夕方。

ルミが書いた記事原稿が俺たちに渡された。

「『なかなか終わらない両国の交渉！　その途中で突如交渉に顔を出した王国の若き貴族バウマイスター伯爵、彼は我々の貴族像を根底から覆す人物であった』がタイトルね」

あとは、俺が領主として開発に精を出しつつも、空いている時間に赤ん坊の面倒を見たり、奥さんたちと海に出て釣りを楽しんだり、獲った魚を捌《さば》いたり、調理したりもしていると書かれていた。

「まんま普段のヴェルだけど、これが役に立つのか？」

「エルヴィンさん、今回の交渉で一番問題なのは、双方がお互いをよく知らず、一部偏見があるという点っす」

魔族は、人間を古めかしい封建社会で生きる野蛮な連中だと思い、それに人間側が反発している。この構図をどうにかしなければ、一向に交渉は進まないであろう、とルミは考えたようだ。

残念ながら、レミーとかいう意識高い系の女性政治家はそう思っていないようだが。

「ですから、ここはバウマイスター伯爵さんの記事で、王国の人間も魔族とそう違わないと伝えることが肝心なんす」

「それで、こういう記事なのか」

ルミは、あえてこういう記事を配信することで、人間と魔族との融和を狙っているらしい。

新人記者のくせに、考えていることが強《したた》かであった。

「戦争になったら堪《たま》らないっすからね」

「その危険はあるのか？」

「あるっすよ」

まず、今の時点で交渉解決の糸口すら見えていない。

あまりに進展しないので、戦争でケリをつければいいという意見も出始めているらしい。

「数は少ないっすけど、そういう連中は声が大きいっす」

「その後ろに、そいつらを煽動《せんどう》している奴らがいるんだろう？」

「バウマイスター伯爵さん、正解っす」

これは戦争ではなく、古い封建制度によって民衆を抑圧する貴族や王族を倒し、自分たちが大陸の人間たちに民主主義を教えてあげる闘争なのだ、と論じる連中が出始めたらしい。

「いや……、民主主義って……」

今の大陸では、間違いなく不可能であった。

辛うじて字を読むくらいは大半の人が可能であったが、それで民主主義など、まだ早いというのが俺の考えだ。

「無用な混乱を招くと思うが……」

「そこで、まずは自分たちがその地位に就いて、愚かな人間たちを導いてあげようというわけっす」

なんのことはない。

民主主義を建前に、少数の魔族で人間を支配したいわけだ。

「最近の政治家は世襲が多いし、コネで親族を公務員や大企業に就職させたりするっすからね。貴族とあまり変わらないと言う人も多いっすね」

それが原因かは知らないが、魔族の国の経済力や市場は徐々に力をなくしている。

それを解決するために、大陸へと進出したい。

企業は市場を、政治家は新しい支配地を。

これを過去の地球では、植民地支配と呼んだ。

「やれやれだな」

「ただ、肝心の大衆にはウケが悪いと言いますか」

確かに職がない若者が多いが、別に生活に困っているわけでもない。

一部が大騒ぎしているだけで、大半の民衆が冷めた目で見ているのだという。

「第一、みんなにそんな活力があったら、国内にあんなに未開地を抱えていないっすから」

さらにこの数百年で、維持が不可能な土地を大分放棄したそうだ。

過疎化が進みすぎて人口がゼロになった土地は、管理するだけ税金の無駄だからと。

「魔族、大丈夫か？」

「大丈夫だと思うっすけど」

騒いでも仕方がない。自然の摂理に任せるしかないのでは？　という意見も多いらしい。

騒いでいるのは、市場が縮む商売人と実入りが減る政治家だけなのかもしれない。

「古代魔法文明が崩壊した時には、魔族は十万人くらいしかいなかったっす。もしかすると、今の魔族はむしろ多すぎるから、適正な数に戻ろうとしているだけかもしれないっす」

「そうなのか」

魔族は、最盛期から衰退の入り口に向かっているのかもしれないな。

それでも、古代魔法文明時代の十倍近い人口か。

やはり魔族は侮れない。

「それで、この記事を載せても問題ないっすよね？」

「ないけど」

「助かるっす。領民を一日中扱《こ》き使って重税を課し、毎日贅沢三昧《ぜいたくざんまい》、領地に綺麗な女性がいたら召し出すとかだと、自分も記事にしにくかったので」

「そんなこと、したことはないけどな」

リンガイア大陸も広いので、一人もいないとは言えないけど。

むしろ、これ以上の女性は勘弁してほしいくらいだ。


特に問題もないので、俺に関する記事はエブリディジャーナルにそのまま掲載された。

「反応は悪くないっすね」

議会では、『こちらの方が技術力が上なんだし、もし攻められても防衛可能なんだから、高付加価値商品を大陸で販売するだけでいいじゃないか。儲《もう》かるし』と言う政治家が増え始めたらしい。

新聞の記事を読んで『向こうの支配者も文明人なんだから、条約結べばいいだろう』という考えに至ったようだ。

加えて、『今の我々では、大陸を支配しても維持はできない。軍、官僚、技術者などは出せたとしても最大で五万人、この人数で推定人口五千万人で今も増え続けている人間を支配するなど不可能』とのレポートが、防衛隊からも出されていた。

『もっと出せないのか？』

『無理ですね。本国の治安維持任務もありますし。そもそもこの数値は、防衛隊が確実に増員された場合です。ヘルムート王国と、今は交渉のテーブルにないアーカート神聖帝国を打倒するには犠牲者が出るでしょうから』

『どの程度出ると防衛隊は予想しているのか？』

『最低でも、二千人から一万人ほどと推定しています』

『少なくて二千人とは……』

今の魔族の国ならば、内閣が総辞職した挙句、次の選挙で確実に野党に転落するほどの損害だ。

長らく戦争がなかった魔族は、同朋の死に思い至れないのだろう。

『これは純粋な戦闘で生じる犠牲者の予想です。この上、大陸を占領して維持するとなると……』

魔族を悪辣《あくらつ》な支配者として、人間が抵抗活動を始める可能性もある。

正面から戦って勝てないとなればテロ行為が行われ、その組織や拠点を潰《つぶ》すのにまた犠牲が出てしまう。

『十年で、三万人以上が殉職する可能性があります』

『我らは優れた技術と、人間よりも多くの魔力があるではないか！』

『それは確かですが、常に一分《いちぶ》の隙《すき》もなく人間からのテロに備えるなど不可能です。なにしろ我らは、圧倒的に数が少ないですから』

食べ物に毒を入れられるかもしれないし、睡眠中に寝首をかかれるかもしれない。

人間と魔族とに身体的な特徴の差がないため、例えば美女に誘われて人気《ひとけ》のない場所に行き、そこで殺されるというような案件も増えるはずだと。

『防衛隊を大幅増員だ！』

『例の青年軍属をですか？』

『そうだ！』

『あの連中では、すぐに隙を作って殺されるでしょうね』

防衛隊が精強なのは厳しい訓練を一定期間行っていたからであり、いきなり青年軍属たちを正規兵にしても、ただ人死にが増えるだけだと防衛隊の幹部が説明する。

『我々は政府の命令があれば行きますけど、それで出た犠牲に対しても政府に責任がありますよとしか言えませんな』

『ううっ……』

以上のようなやり取りが議会で行われ、政府が出兵論を口にする可能性はなくなったらしい。

まだ一部、騒いでいる連中はいるそうだが。

「魔・人共栄圏とか、魔・人共同体とか言っている連中がいるっす」

政治思想が、右も左も大騒ぎということのようだ。

「こう言うとバウマイスター伯爵さんは怒るかもしれないっすけど、まだ大陸征服論者の方がマシっすね」

「征服するということは、一応、自分が悪事を働いているという自覚があるからな」

「そうっすね」

むしろ危険なのは、民権党に多い『人間に民主主義を教えるため、旧弊の徒である王族と貴族を打倒する』とか言っている連中の方だ。

「彼らは、自分たちがとてもいいことをしていると、本気で思っているっすからね」

ただ、今の俺は現状ではなにもできない。

交渉には参加しておらず、ただ現地に待機して普段どおりに生活しているだけだ。

定期的に陛下への連絡は忘れていなかったが。

「焦って交渉を結んでも、ろくな結果にはならぬしの」

テレーゼの言うとおりであろう。

俺から見ても、本当に仕事をしているのか怪しい両国の外交団であったが、陛下は今のところは任せておくつもりのようだ。

「ところが、一つだけ懸案事項があるんすよ」

「拿捕《だほ》されたリンガイアと、拘留されている船員たちか？」

「そうっす。政府はとっとと返したいのが本音っすね」

「そんなに金がかかるのか？」

「拘留している人間を虐待したなんて風評が出ると面倒っすからね。拘留にも経費がかかるし、あのリンガイアとかいう大きな船。あれも、魔族基準で言えば旧式船で使えないっすから」

拘留されたリンガイアの貴族や仕官、船員たちが、人質として交渉のカードにされると思ったのは俺たちだけらしい。

実際には、乗組員たちを拘留するのにも費用がかかるし、リンガイアみたいな旧式船、魔族の国では使い道がないということだ。

防衛隊が所有しているドッグを長期間占有しているため、とっとと返してはどうかと議会から突き上げられたようで、リンガイアと艦長以下の乗組員はまもなく解放されるかもしれないという。

「経費の問題なのか……」

「最近、うちの国も社会保障費の増大で財政が厳しいっすからね。我が社もよく政府の無駄遣いを記事で指摘するっすから」

なんか、本当にどこかで聞いたような話だな。

などと思っていると、突然魔導携帯通信機の呼び出し音が鳴った。

すぐに出ると、相手はなんと陛下であった。

『バウマイスター伯爵、実は頼みがある』

挨拶も抜きに、陛下は俺にある命令を下した。

頼みとは言っているが、断れるはずがないので命令に等しい。

「はい、なんでしょうか？」

『実は、拘束されているリンガイアの乗組員たちの様子を見に行ってほしいのだ』

「俺がですか？」

『向こうは言葉の端々に、自分たちは進んだ文明人だというニュアンスを含ませてくるらしいからの。バウマイスター伯爵をいきなり拘束したりはしないはずだ。そこで、直接魔族の国に出向いてほしいのだ』

「はあ……」

魔族の国には興味があるのでそれはいいのだが、もし魔族が暴走して攻撃してきたらと思わないでもない。

「バウマイスター伯爵さん、魔族は高度な文明国を自負しているっす！　昔の魔族でもないですし、正式な外交特使としての訪問なら安全っすよ！」

ルミにも魔族としてのプライドがあるようで、俺の懸念を全力で否定した。

確かに、王国でも帝国の使者を殺したことなどよっぽどの大昔、戦乱の時くらいしかない。

今まで一万年以上も戦争をしていない魔族なら、もっとあり得ないか。

『前に報告してきた新聞社の記者という者か？』

「ええ」

『ユーバシャール外務卿たちになんの進展もないのが困りものでな。かといって、交渉を焦ればこちらが不利な条件を呑まされる可能性が高い。そこで、バウマイスター伯爵に行ってもらい、上手《うま》く纏めてきてほしいのだ』

「それはいいのですが、他に希望者はいないのですか？」

数は少ないが、外務閥の貴族は他にもいると思うのだ。

『どいつもこいつも、魔族の国と聞いて怖気《おじけ》づいておるわ。挙句に、帝国内乱で戦功を挙げたバウマイスター伯爵なら適任だと抜かしおった』

「はあ……」

本当に外務閥の貴族って、盲腸のあだ名に相応《ふさわ》しい連中が多いな。

『すべてバウマイスター伯爵に任せる。リンガイアの乗組員たちの様子を最優先で頼む。随伴する人員も好きにして構わない』

「わかりました。急ぎ、魔族の国へと向かいます」

当然陛下からの命令を断れるはずもなく、俺は魔族の国へと向かうことになるのであった。

第七話　ゾヌターク共和国

「まったく、面倒な仕事を……」

「陛下からの命令だから仕方がないわよ」

「そうなんだけどさぁ……」

イーナ、そうは言うけどさ。

面倒なものは面倒なのだ。

「男は、一度決めたことにグチグチと文句を言っては駄目よ」

「はい、わかりました」

まあ、アマーリエ義姉《ねえ》さんがそう言うのであれば……。

「ヴェルは、アマーリエさんの言うことはよく聞くわね……。子供？」

「だから俺は大人だっての！」


小型魔導飛行船で西へ一週間、俺たちはようやく魔族の国に到着した。

次からは『瞬間移動』で来られるが、今のところ再訪したいとは思っていない。

モールたちからの話を聞くと、どうも無味乾燥な国のような気がしたからだ。

ゾヌターク共和国と呼ばれるこの国は、リンガイア大陸の四分の一ほどの広さがある島というか亜大陸だ。

魔族の人口は百万人ほど、島の四分の一ほどを生活圏としていて、残りの領域は自然と魔物の領域で占められている。

昔は亜大陸の大半に魔族が住んでいたそうだが、段々と人口が減って放棄され、そこが自然に呑《の》まれていった。

故に、無人地帯には遺跡なども多く、アーネストはその発掘作業をたまにしていたらしい。

ただ、ここ数十年ほどは国が予算不足を理由に資金を出さなくなったそうで、大規模な発掘はほとんどできなかったそうだが。

その不満が、アーネストのリンガイア大陸への密出国に繋《つな》がったというわけだ。

「アーネスト、懐かしの故郷だぞ」

「効率のいい社会ではあるが、つまらないのであるな」

小型魔導飛行船の窓から見える港の風景に、アーネストは特に感動もなく答える。

確かに、海上船と魔導飛行船の港を兼ねているそこは、無機質なコンクリートとコンテナ、クレーン、プレハブ風の建物のみで構成されていて、見ていてすぐに飽きてしまう。

技術的には凄《すご》いとは思うのだが……。

古めかしいが情緒のあるサイリウスとは違って、効率第一で観光地にはなり得そうにない。

ここを見たいと思う人間の観光客は少ないだろう。

王国と帝国の政府関係者たちは、視察したくなるであろうが。

効率を極端なまで極めているのは港だけでなく、そこから見える街並みも同じであった。

同じような箱型の住宅が綺麗《きれい》に並び、道路も真《ま》っ直《す》ぐ整備されてまるで碁盤に並ぶ石のようだ。

「お主、よくついてくることを許可されたのである。祖国では裏切り者扱いされぬのか？」

俺たちに同行している導師が、アーネストに尋ねる。

実は、アーネストのみならず、モールたちも俺たちに同行していた。

彼らは、俺たちの世話役兼アドバイザーのような扱いになっている。

さすがに魔族側もバカではないので彼らの存在に気がついてはいたが、かといってアーネストの密出国とモールたちの脱走を処罰するのも躊躇《ためら》われたという事情のようだ。

アーネストの密出国は、魔族が大陸と交流をしなくなってからは重罪ではなくなった。

その程度で処罰するのか、という程度の認識らしい。

魔族で国外に出ようと考える者が今までほとんどおらず、アーネストが久々の密出国者だと俺は聞いていた。

大陸への密入国は、アーカート神聖帝国とヘルムート王国が対応すべきことで、これにゾヌタータ共和国が口を出せば内政干渉になってしまう。

元々、双方共にアーネストを処罰する気がないし、これからもされないと思う。

すでにバウマイスター伯爵家の庇護《ひご》下に入っているので、手が出せないという事情も存在したが。

『彼らは、両国友好のために居残っていたのです！』

さらに外交団にいた民権党関係者が青年軍属の三人を庇《かば》い、防衛隊としてもなにも言えなくなってしまったらしい。

民権党には防衛隊を軍隊とみなし忌避感を持つ者も多く、モールたちが脱走者だからという理由で処罰しようとする防衛隊を牽制《けんせい》したというわけだ。

防衛隊も、政権の人気取りのため若者を短期雇用しただけの軍属になにも期待していなかった。期待していない連中が脱走したところで、わざわざ処罰する手間が惜しいということになったようだ。

このところ防衛隊は忙しいので、モールたちだけに構っていられないのであろう。休憩中に遭難、それを俺たちが救助したことにしてしまった。

軍属の仕事に関しては、俺たちに雇われたから雇用関係は終了というのが表向きの処置となった。正直、民権党とやらの外交団については思うところもあるのだが、今回は彼らに救われた格好になったわけだ。

『ううっ……。君たちに行動の自由を……バウマイスター伯爵殿御一行への同行を許可する……』

防衛隊の司令官は、苦虫を噛《か》み潰《つぶ》しながらモールたちの脱走を不問に付す羽目になった。

シビリアンコントロールの賜物《たまもの》というか、ただ単純に彼らを処分すると世論が政府を非難すると思ったのであろう。

青年軍属は非正規雇用で使い捨てという非難が新聞にも掲載されたようだし。

「モールさん、同じような建物ばかりね」

イーナは、王国とは違って整然としすぎている街の様子に少し違和感を覚えているらしい。

「独自のデザインで住宅を建てるなんて、よほどの金持ちだからね」

住宅市場は大手数社のほぼ独占状態であり、どの会社もほぼ同じ形の住宅を建設するようになった、とモールが説明する。

現代日本の一部の住宅のように、工場である程度材料を加工してから、現地で組み立てるようだ。

何事も効率優先で、沢山販売して薄利多売で生き残りを図る住宅メーカーということらしい。

そのせいで、中小の住宅メーカーや大工はこの数百年で相当数を減らしたそうだ。

「同じ形の住宅を建てた方が効率がよく安いからね。早く建てられるってのもある」

見た目は安普請のような気がしたが、中は広く丈夫で、住みやすいらしい。

「それでも、みんなローンを組んで購入するんだけどね」

まるで、どこかのサラリーマンが家を買うのと同じようだ。

俺は前世を思い出して、少し物悲しさを感じた。

当時の俺は、結婚もしていなければ家も購入していなかったが、会社の飲み会で既婚の先輩や上司がローンの話でよく愚痴っているのを聞いていたから。

「金がある人は豪邸や注文住宅だね。無職でも、政府借り上げの格安集合住宅があるし」

「そういう人たちは、あの同じ家が並ぶ街中には住んでいないよ。あそこはそこそこ裕福な人たち向けの住宅地だから」

「俺たちには縁がないね。無職は家を買えないし」

逆に貧乏人は、職とお金がなくて家を買えなくても、人口減少で住む人がいなくなった集合住宅を無料で貸してもらえるそうだ。

基本的な衣食とお小遣い程度の生活保護の支給もあるので、無職でもそこまで深刻というわけでもないらしい。

その代わり、結婚する人は少ないそうだが。

飢えとは無縁だが、職と収入がないから結婚できない。

こういうのを、生かさず殺さずとでもいうのであろうか？

「素晴らしい世界だと思うのですが……」

「そうよね」

「張り合いはないかもしれないけど、王国の貧民よりはマシだって」

エリーゼ、イーナ、ルイーゼの三人は、働かなくても食える魔族の国は素晴らしい社会なのではないかと言う。

確かに、王国の都市部に必ず存在する貧民街の状態は酷《ひど》い。

不衛生で栄養状態も悪いので子供がよく死ぬ。

直接的な飢え死には少ないが、とにかく病気になりやすいからだ。

それに比べれば、魔族の国は確かに素晴らしいのかもしれない。

「でも、生活保護者はなかなか結婚できないしね。子供はお金がかかる」

「成人までの教育費とかね」

「家や魔導四輪よりも贅沢《ぜいたく》かもね」

魔族は学生の期間が長いので、長期間お金を出せないと子供を育てられない。

だから、貧しい人には男女とも独身者が多いのだそうだ。

「一人でちょっと趣味をしながら生活するならなんとかなるからね」

「魔族の未婚率は、もう四割を超えているし」

「離婚も多いよねぇ……俺の友達にもいるし」

モールたちの話を聞いていると、俺はまるで前世に戻ったかのような錯覚を覚えていた。

「軍の港に着陸か……」

「ブランタークさん、魔族の国に軍はありませんよ。防衛隊です」

「あれだけの装備を持っていてか？　言葉遊びのような気がするけどな」

軍艦が、王国や帝国では作れない頑丈な金属で出来ていて、速度も魔導飛行船より速い。

魔砲も沢山装備されており、戦争になれば両国の空軍は瞬時に壊滅するであろう。

ブランタークさんからすると、そんな船を装備している魔族の国に軍隊が存在しないという言い分が詭弁《きべん》に聞こえるわけだ。

「他国という概念がないから、国内の治安維持と反動勢力を抑える組織に改変したと思ってください」

「伯爵様は、意外と順応が早いのな」

順応が早いというか、俺が防衛隊に感じるイメージが自衛隊に近いからあまり違和感を覚えなかっただけだ。

事前の協議どおりに、俺たちを乗せた小型魔導飛行船は防衛隊の基地へと着陸した。

「遠路はるばるご苦労様です、バウマイスター伯爵。私の名はラーゲ二級佐官であります」

出迎えてくれた防衛隊の若い将校は俺たちを笑顔で迎えたが、脱走したモールたちと、密出国したアーネストには渋い表情を浮かべた。

色々と言いたいことはあるが、立場上言うわけにはいかず、かといってそれを完全に心の奥に仕舞えるほど割り切れていないのであろう。

「案内役、ご苦労様です……」

「色々と思うところがあるかもしれないのであるが、我が輩を罰することなど不可能であるな。調べてみたら、穴だらけの法で笑うしかないのであるな」

アーネストは魔族の国を密出国したくせに、罪悪感の欠片《かけら》も持ち合わせていなかった。

実は、時間がある時に法律を調べてみたそうだが、密出国にはまったく罰則がなかったからだ。

それはわかるが少しは反省するフリでも見せれば、この若い将校も納得するのにと思ってしまう。

まあ、アーネストにそういう配慮を求めることが無理なのであろうが。

「密出国は違法ではあるが、罰則はないのであるな。防衛隊のラーゲ二級佐官だったかな？　法の重層構造の構築に手を抜いてはいけないのであるな」

アーネストは学者らしく密出国の罰則がない点を突き、魔族の将校は余計に顔をひきつらせた。

でも彼が作った法でもないわけで、責めるのはお門違いであろう。

「防衛隊は軍じゃないから、脱走しても罰則はないという解釈らしいね、政府見解では」

「正確に言うと、正規の防衛隊員でも罰則は禁固《きんこ》一年以下罰金百万エーン以下だね」

「でも、その範囲の中に青年軍属は該当しないしね」

師匠も師匠なら教え子も教え子であった。

無駄に頭はいいので、法の不備を突いたツッコミが容赦ない。

ラーゲ二級佐官はさらに顔をピクピクとさせていた。

「貴殿らは、政治家たちの都合で無罪となり、バウマイスター伯爵一行の案内役という役割を得られたにすぎない。調子に乗らない方がいいと忠告しておくが。第一、貴殿らのその態度は、バウマイスター伯爵のイメージすら悪くさせる危険がある」

政治家はアレだが、防衛隊のエリート将校ともなると有能な人間も多いようだ。

毅然《きぜん》とした態度で、アーネストたちの嫌味に応酬したのだから。

「これは失礼したのであるな。この国では遺跡が発掘できなかった。しがない考古学者の愚痴であるな。忘れてくれると嬉《うれ》しいのであるな」

「仕事はまっとうしますよ。ただ、一言くらい言っておきたかったのですよ」

「エリートのあなたとは違って、俺たちは無職だったからね」

「青年軍属の仕事には夢も希望もなかったからね。公の場では弁《わきま》えますよ」

「わかりました。貴殿らがバウマイスター伯爵一行の滞在中、サポートの任をまっとうできるように祈っています」

ラーゲ二級佐官とアーネストたちが無事に和解できてよかった。

揉《も》めると厄介だと思ったのだが、アーネストたちは思った以上に大人だったようだ。

というか、このレベルの人材が無職なのはえらい損失のような気がするんだが……。

だが、ローデリヒの例もあるので王国も同じか？

「先生、ヒヤヒヤものだったっす」

そのまま俺たちについてきたルミは、恩師と後輩たちの言動にヒヤヒヤさせられたようだ。

ラーゲ二級佐官を挑発したアーネストに文句を言った。

「オフレコで頼むのであるな」

「記事に書けませんよ！　まあ、自分はバウマイスター伯爵さん専属ってことで本社から許可も貰《もら》っていますし、他に書く記事はいくらでもあるから問題ないっす」

ルミは、これからも俺たちについて記事を書く予定だ。

新人記者にしては異例の扱いだが、目端が利いたルミが最初に俺たちに取材を申し込んだのは事実だ。

政治面の主流はやはりテラハレス諸島で行われている交渉の行方であったから、新人記者のルミが俺を担当しても、他の記者から嫉妬されることもないというわけだ。

「手柄争いにうつつを抜かす記者ねぇ……」

「記事を出世の道具にするなんて、新聞記者も腐敗したね」

「新聞社も会社だからね。儲《もう》からないと意味がないわけだし」

「自分の後輩たちはひねているっすねぇ……」

マスコミ批判をするモールたちに文句を言いつつ、ルミは静かに取材の準備を始めた。

「それで、俺たちってなにをするんだ？」

「親善外交だ」

「親善外交ねぇ……」

俺はエルに、今回の仕事の内容を伝える。

俺たちにはなんの交渉権限もないが、ゾヌタータ共和国政府は拿捕《だほ》しているリンガイアと、拘束している乗組員たちを解放したがっていた。

ただ、いきなり無条件で解放しては、ゾヌタータ共和国政府が弱腰だと、有権者たちから批判されてしまう。

そこで俺たちが、ゾヌターク共和国でフレンドリーに振る舞い、世論が王国に対し好印象を持つように仕向けようというわけだ。

これは陛下の発案である。

自分たちが政治的に進んでいると思っている魔族からすれば、陛下のそんな考え方は驚きなのであろうが、人気商売なのは王様や皇帝も同じだ。

そのくらい考えつくのは当然だ。

「バウマイスター伯爵さんの記事がもの凄く好評なんすよ」

エブリディジャーナルの新人記者ルミ・カーチスが書いた、俺たちに関する記事のことであった。

「バウマイスター伯爵さんは、我々魔族が抱く貴族観とは違って庶民的ですし、奥さんたちにも優しく、お子さんたちの面倒も時間があれば見ていますからね」

魔族の国の人たちは、俺を極めて親しみを持てる若い貴族だと思っているらしい。

新世代の貴族がこうならば、魔族と人間との融和も近いと。

もの凄く勘違いしているような気もするが、陛下は俺たちを魔族の国に送れば少しは交渉の役に立つかもと感じたようだ。

そして融和ムードを作るために、奥さんや子供たちも同伴となった。

「魔族の国だと、政治家の地方行幸は奥さん必須っす。あと、お子さんも連れてだと印象もよくなるっす」

奥さんと子供の同伴は、こちらに協力的なルミの意見によるところもあったのだが。

「俺とエルの子供は一歳にならないうちに、もう海外旅行を経験しているんだな」

からだ。


「でも、危険じゃないのかな？」

エルは、子供連れでの敵地かもしれないゾヌターク共和国入りなので少し心配なようだ。

「ヴェルの場合は、御家断絶の危険もあるぞ」

もし魔族が俺たちを害しようと思うなら、配偶者も子供たちも全員を巻き込んでしまうだろう
「そのために、某《それがし》たちがいるのである」

「そうそう、時間稼ぎのな」

俺が『瞬間移動』を使ってエリーゼたちを順番に逃がしていき、その間、導師とブランタークさんが護衛をするというわけだ。

「帝国内乱で魔力が上がったせいか、それとも師匠に言われて精度の訓練を強化したせいか、『瞬間移動』は一度に十五名まで大丈夫になりましたから、二往復で大丈夫ですよ」

そのために、メイドや家臣たちを残してきたのだから。

「ですから、魔族の国は外交特使を殺害するような野蛮な国ではないっすから」

ルミは自分の国に対して色々と不満があるようだが、嫌いなわけではない。

魔族はそんなルール破りはしないと断言した。

「まあ、それならいいけど」

「エルヴィンさん、信用してくださいっすよ」

「最悪、ヴェルが逃げられればいいんだ。ヴェルはまだ若いからな」

俺がいれば、また子供が生まれるからバウマイスター伯爵家は断絶しない。

いつもはおちゃらけた部分もあるエルだが、その考え方は意外とドライだったりする。

「足手纏《まと》いになってしまうメイドはいないからいいか」

「あら、私はいるわよ。まあ、なるようになるんじゃないのかしら。外国旅行って初めてだから楽しみね」

「女性は逞《たくま》しいなぁ……」

ただし、アマーリエ義姉さんは一緒だった。

魔族の国に不安を感じていない彼女に、エルは感心するばかりだ。

「魔族の国って殺風景なのね。でもヴェル君といると、色々なところに行けて面白いわ」

「極めて効率的な社会というわけじゃの。帝国もこれから交渉しなければいけないから、ペーター殿も仕事が増えて大変じゃ」

テレーゼの言うとおり、帝国はこれから魔族の国と接触しないといけない。

いまだ国内の立て直しに奔走しているペーターの仕事が増えるわけだ。

「テレーゼなら、どうやって対応した？」

「魔族と接触するなど誰も予想できまいて。様子を見ながら少しずつ交渉していくしかあるまい。そんな起死回生の策などそうはないわ」

「政治って大変なのね」

アマーリエ義姉さんは、一番仲がいいテレーゼと共に防衛隊の基地を見下ろしながら話を続けた。

「ようこそ、おいでくださいました」

基地の司令官だというお偉いさんに迎えられたが、外交特使扱いの俺たちを迎え入れるのに殺風景な基地というのはどういうことなのであろうか？

ゾヌターク共和国には民間用の空港があると聞いているのに。

「実は、空港の方には……」

基地の司令官が申し訳なさそうな顔をする。

なぜなら……。


『旧弊なる王政を掲げる王国を打倒し、我ら魔族が優れた民主主義をリンガイア大陸に伝えるのだ！』

『そのためには国軍の復活を！　軍を今の十倍の規模にして、大陸に兵を進めるのだ！』

『ようこそ、バウマイスター伯爵さん。我らが、民主主義の素晴らしさを教えましょう。そして、まずはバウマイスター伯爵領を大陸における民主主義発祥の地としましょう』


「と、こんな感じでして。バウマイスター伯爵殿の安全を我らが確保しないと、これはゾヌターク共和国の恥となりますので……」

大変に申し訳なさそうに説明する基地の司令官であった。

自分たちが信奉する民主主義は王政よりも素晴らしいから、それを後進的な人間たちに教えてやらないといけない。

いや、魔族が全大陸を支配し、民主主義を教えてやらなければいけない。

そんな考えを持つ市民団体や政治団体が、空港に押しかけているそうだ。

「防衛隊が一番理性的って……」

民主主義の建前として、空港に来た俺たちに向けて彼らが政治的な主張をするのは自由である。

だが、だからと言って『お前の国は駄目だから、俺たちが解放してやる』とか『民主主義を教えてやる』では融和もクソもない。

他の貴族なら、もしかするとキレてしまったかもしれない。

「我らとしましては、今回の外交特使、バウマイスター伯爵殿で安心しました。なんでも、大変にゾヌターク共和国の事情に理解があるとかで……」

「その空港にいる変な連中、排除しないのですか？」

「それがミセスバウマイスター、あの連中には民権党のシンパも多く……」

民権党の政治家には、いわゆる活動家出身の人も多いそうだ。

彼らに文句など言えば、すぐに落選の危機なので、言わないどころか下手をすると積極的に手を貸している可能性すらあるらしい。

「バウマイスター伯爵殿の滞在中は、防衛隊が確実にお守りいたしますのでご安心を」

「あの……大変そうですけど、お体をご自愛ください」

今の時点で、ゾヌターク共和国で一番信用できるのは防衛隊だという現実に、俺はこの外交特使の仕事が予想以上に大変であることに気がついてしまうのであった。

ようやく魔族の国に到着し、宿に案内されて荷物を解いた直後、俺たちはとある年配の魔族からこう告げられた。

「バウマイスター伯爵さん、あなたをケルトニア市の観光大使に任命します」

いかにも小役人風なその魔族は、ゾヌターク共和国辺境にある過疎に悩む地域の市長らしい。

主な産業は、農業と観光、そして若年人口の流出に悩み、なんとか人口減少を止めようと努力しているそうだ。

「もし我が国とヘルムート王国とに交易交渉が纏まれば、旅行の自由化もあり得ると。そこで、是非にケルトニア市に観光に来ていただきたく……」

「いや――、バウマイスター伯爵さんは有名人っすね」

いや、それはあんたが新聞の記事に書いたからだろうが。

傍《そば》にいる魔族の記者ルミが、まるで他人事《ひとごと》のように言う。

「ケルトニア市は素晴らしいのですよ、奥さん方」

そう言って市長は、俺たちに観光案内パンフレットを渡す。

魔族の印刷技術は、王国や帝国よりも上であった。

「自然が豊かなのですね……」

あまりストレートに批判をしないエリーゼらしい婉曲《えんきょく》な言い回しであったが、確かにケルトニア市は自然が豊かな田舎というか、自然しかない田舎だ。

観光というが、王国人も帝国人も高い旅費を払ってこのケルトニア市に行くとは思えなかった。

「(自然が豊かって、観光資源になるのか?)」

エルが小声で俺に聞いてくる。

自然豊かな田舎に住んでいたエルからすると、そんなものをわざわざ金と時間をかけて見に行く奴の気が知れないというところであろう。

「(う――――ん、どうかな?)」

もし魔族と人間の交流が始まった場合、外国だからと観光に行く人間がいないとは言えなかった。

まあ、一度見れば十分という結論に至って、結局観光客は行かなくなるかもしれないが。

「バウマイスター伯爵さんには、是非一度ケルトニア市に観光に来ていただきたいですな」

「はあ……。時間があればいいのですが……」

実は、外交特使扱いなのに、俺たちの予定はまだ知らされていなかった。

肝心の政府が俺たちをどう扱うのかで迷っているようにも見える。

「そうですか、残念ですな。滞在中に是非観光をご検討ください」

そう言うと、市長は俺たちにお土産を渡してから部屋を出ていった。

お土産は、ケルトニア市産の農作物だった。

種類は一般的なものばかりであったが、やはり品種改良や栽培技術は魔族の方が上だ。

「いいお野菜ですね」

エリーゼがそう言うのだから間違いない。

「あの方は、なにをしにいらしたのでしょうか?」

「宣伝のために観光大使に任命はしたが、報酬は払いたくないので無理も言えない。名貸しの一種であろう」

俺の代わりに、テレーゼがカタリーナに説明してくれた。

「それって、意味があるのですか？」

「さあての。あの市長とやらが本当に有能であれば、ケルトニア市の過疎問題とやらも今頃は解決しているかもしれぬの」

テレーゼの発言は辛辣《しんらつ》であったが、確かに俺を観光大使にしたくらいでケルトニア市の過疎が解決するとも思えない。

「とりあえず、できる仕事をこなす方が先じゃないか？　旦那」

「仕事？」

「リンガイアの船員たちの無事を確認する」

「そうだったな」

カチヤとヴィルマから指摘され、俺たちは防衛隊の収監施設へと向かう。

そこには、拿捕されたリンガイアの船員たちが拘束されていた。

警備上の理由で面会に行く人数を制限されたので、俺、エリーゼ、導師、ブランタークさん、リサで向かった。

「どうしてブリザードがいるのかと思えば、魔法をぶっ放した魔法使いとは知己だったんだな？」

「はい。昔、少し教えたことがあります」

「なんか調子狂うよな」

ブランタークさんの知るリサは、派手な衣装とメイクで言葉も荒い姉御タイプであった。

それが今では、普通に綺麗なお姉さんになってしまっているので、かなりの違和感を覚えているらしい。

「それなら、またメイクをしましょうか？」

「いいや、今のままがいい」

ブランタークさんは、リサの提案を首を振って否定する。

いくら違和感を覚えても、以前のつき合いにくいリサよりはいいと感じていたからだ。


「バウマイスター伯爵殿ですね。こちらです」

防衛隊の隊員に案内されて収監施設に向かうと、無機質なコンクリート製の建物ながら中は綺麗で、リンガイアの船員たちが酷い目に遭っていることはないようだ。

「収監者への暴力や虐待は禁じられていますから」

その辺は、魔族の国は文明国なので信用できた。

いくつかの檻《おり》付きの入り口や通路を抜けると面会室らしき場所へと到着し、そこには四人の男性が待っていた。

リンガイアの艦長と副長、この二人は俺が骨竜を倒した時に顔見知りになっている。

あとはもう一人の副長、彼は謎の攻撃命令を出した奴だという情報だ。

あのうるさかった、プラッテ伯爵家の御曹司である。

残り一人は、いきなり魔法をぶっ放した魔法使いであろう。

魔力量は中級に届かない程度で、どの魔族よりも少ない。

「おおっ！　バウマイスター伯爵殿ではないか！　見てくれ！　プラッテ伯爵家の御曹司である俺に対する魔族の理不尽な対応！　すぐに陛下に報告して魔族に抗議するのだ！」

収監者以外、他に誰も人間がいない外国で久しぶりに同期に会えて嬉しいのであろうが、いきなりその発言はないと思う。

室内で警備に立っている隊員たちの表情が曇ったのを、彼以外は見逃さなかった。

「それとだ。急ぎ私を解放させるのだ。そうしてくれたら、父からお礼が出るからな」

「(なんで、こいつはこんなに偉そうなんだ?)」

そう言われても、俺も返答に困ってしまう。

「(バカだからじゃないですか?)」

俺は、小声でこうブランタークさんに答えるのが精一杯であった。

まったく捻《ひね》りもない回答である。

「残念ですが、私はあなた方の無事を確認しに来ただけで、解放を交渉する権限がないのです。しばし、現在行われている交渉の結果をお待ちください」

「なんとかならんのか! 俺だけでも!」

「どうしようもない男であるな」

自分だけ解放しろというプラッテ伯爵家の御曹司の発言に、導師は声を小さくすることもなく、公然と批判した。

「貴様! たかが従者のくせに……導師殿?」

「某の顔を忘れるとは、国防に携わる資格がないのである! それとも、長い収監生活でボケたのであるか?」

導師からの容赦ない一言に、この御曹司は塩をかけられたナメクジのように縮んでしまう。

こいつはバカだが、導師を怒らせると怖いことくらいは理解しているようだ。

「まあまあ、導師。交渉が終われば解放はされるはずだ。ところで、アナキンとかいう若造、お前に聞きたいことがある」

アナキンとは、魔法をぶっ放した魔法使いの名前であった。

「はい……」

なにを聞かれるのかなど、子供にでもわかることだ。

自分が罰せられると思った彼の表情は暗い。

「悪いが、聞くのは実は俺じゃないんだ」

ブランタークさんは、そう言ってリサを彼に紹介する。

「あれ？　どこかでお会いしましたか？」

アナキンは、昔の派手な衣装とメイクのリサしか知らないので、今の彼女を見ても誰かわからないようだ。

「わかりませんか？」

「ええと、私の知り合いにこんなに綺麗な方が？」

「おほん。少しの間、口調を戻します……。アナキンのクソったれ！　せっかく人が魔法を教えて一人前にしてやったのに、なに調子こいて勝手に魔法ぶっ放しているんだよ！　凍らせるぞ！」

「ああ――――っ！　姉御！」

口調を昔に戻したおかげで、アナキンはようやくリサに気がつくのであった。

「すいません！　すいません！」

「さあ、正直にお話しなさい」

頭が上がらない魔法の先生リサの前で、アナキンはコメツキバッタのようにペコペコしながら、事件の様子を証言し始める。

実は、これも陛下から頼まれていたことだ。

『プラッテ伯爵家のバカ息子は、無事を確認だけしてくれればいい。あとは、念のために事件について詳細を聞いておいてくれ』

こう言われたので、まずは事件の核心部分を握る、無許可魔法発射の犯人から話を聞くことにしたのだ。

「プラッテ副長の命令です。撃たねば、お前を命令違反で処罰すると」

「貴様！　独断専行の責任を俺に押し付けるのか！」

アナキンの証言に、隣に座っていたプラッテ伯爵家の御曹司が文句を言う。

どうやらこいつは、なんとか責任をアナキンだけに押し付け、自分は逃げきるつもりのようだ。

それなら、最初からそんなことをしなければいいのにと思ってしまう。

「あなたは、黙っていてくれませんか？」

「なんだと！　俺を誰だと！」

「プラッテ伯爵家公子殿ですよね？　俺は『バウマイスター伯爵』ですけどなにか？」

「……」

嫌なやり方だが、こういうバカな貴族を黙らせるには地位の高さで押しきるしかない。

彼は跡取りというだけでまだ伯爵ではない。

つまり、俺よりも身分は低いというわけだ。

「それに、防衛隊からの調書はとっくに王国に伝わっています」

このバカ息子の父親であるプラッテ伯爵とその一味は、息子が暴走したなど魔族側の言いがかりだと騒いでいるが、大半の貴族はほぼ調書どおりであろうと思い始めている。

どうやら普段はそれなりに優秀な息子のようなのだが、なにか突発的なことが起こると、妙な行動を取ってしまうことがあるようだ。

挙句に、こういう状態になると隠していた傲慢《ごうまん》な部分が極端に出てしまう。

ある意味、リンガイアに乗ったのが不幸だったのかもしれない。

「バウマイスター伯爵様、ところで交渉っていつ終わるんですか？」

「もうすぐかな？」

勿論《もちろん》大嘘《うそ》である。

だが、正直に交渉が一向に纏まらないと話しても、彼らを不安にさせるだけであろう。

というか、魔族の国に来てみて気がついたんだが、いまだリンガイア解放の交渉権限はテラハレス諸島の連中にしかないようだ。

じゃあ俺がなにをしに来たのかというと、俺もわからなくなってきた。

ただの顔見せだと思うしかない。

「差し入れなどは可能ですか？」

「すみません、万が一にも脱走などに使用されますと……」

防衛隊の隊員から、とても申し訳なさそうに言われてしまう。

本などは火種にされる可能性が、酒なども瓶は凶器になりかねないと、もっともな理由で差し入れは認められなかった。

「俺は、王国産のワインが飲みたいのだが」

「「「「……」」」」

ただ一人空気が読めないプラッテ伯爵家の御曹司だけが我儘《わがまま》を言って、導師すら絶句してしまったほどだ。

「ええと、フルガ艦長とベギム副長。なにか困ったことがあれば連絡をください」

「ありがとうございます。このように収監はされていますが、特に不便なこともないので、一日でも早く交渉が終わって解放されるのを祈っています」

「そうですね。食事なども悪くはないのですが、やはり自由には勝てませんか」

他の船員たちもそうだが、さすがは超大型魔導飛行船のクルーに選ばれた逸材。

弱音などは吐かず、気丈に対応してくれた。

「一日も早く私を解放するのだ。でないと、プラッテ伯爵家を敵に回すことになるぞ」

ただ一人だけ、やはり空気が読めていない奴がいたが……。

「うるさい蠅《はえ》の羽音がするのである！」

「うっ！」

あまりに言動が酷いので、プラッテ伯爵家の御曹司は、導師の思いっきり手加減したチョップで意識を刈り取られてしまった。

導師のあまりの早業に、防衛隊の隊員たちはまったく対応できなかったようだ。

その場に硬直してしまった。

「こいつは、勝手に転んで気絶したようであるな。ベッドに放り込んできてほしいのである」

「わかりました……」

隊員たちもこの御曹司の態度に辟易《へきえき》させられていたようで、特に導師を咎《とが》め立てもせず、数名で抱えて独房へと移してしまった。

「まったく、どうしようもない愚か者であるな」

「導師、プラッテ伯爵家を敵に回さないか？」

「ブランターク殿、某は決闘ならいつでも受けるのである」

導師が、気に入らない貴族に対してストレートに気持ちをぶつけても平気な理由。

それは、文句があるならいつでも決闘を受けると公言していたからであった。

誰しもこの人と本気で決闘なんて嫌であろうから、導師に表立って抗議する者は少ないというわけだ。

こんな手を使えるのは、導師くらいしかいないと思うが……。

「アホが迷惑をかけてすみません。ああいうのはそれほど多くはないのですよ」

王国貴族の名誉のために、なんとなく貴族になってしまった俺が釈明する。

随分と遠くに来てしまった気がする。

前世のことを考えると、俺は魔族の国の方に親和性が高いというのに……。

「どうしてもアホが一定数出てしまうのは、魔族の国も同じだと思うのです」

「そうですな。政治家、大物官僚、大企業の経営者一族。その家のバカ息子が騒ぎや事件を起こすこともありますから」

その辺の事情に、王政も民主主義も差はないからな。

金や権力で、バカな子供の不祥事を隠すわけだ。

「アレは飢え死にさせなければいいので、交渉終了まで生かしておいてください」

「はい、義務的に対処しておきます」

今、王国と交渉している魔族の政治家は微妙らしいけど、現場で仕事をしている魔族にはまともな人が多い。

バカ御曹司の数百倍好感が持てるな。

などと考えていたら、もう一人空気が読めずに制裁を受けているバカがいた。

「しかし姉御、噂《うわさ》には聞きましたよ、結婚したって。姉御、結婚できたんですね」

「……っ……」

「あっ……バカ……」

アナキンの口を塞《ふさ》ぐのが間に合わなかったため、無言で静かにキレたリサはその二つ名に相応《ふさわ》しい魔法を発動。

凍結ではなく、超硬質の氷の檻を作ってアナキンを閉じ込めてしまう。

「姉御、ここ寒いです」

「丸一日くらい寒くても、人間は死にませんよ」

「姉御、ごめんなさぁ――――い！　言い換えます！　姉御を奥さんにするなんて、バウマイスター伯爵様って男気がありすぎる！」

「本当にバカなんだな、こいつ……」

また余計なことを言ってしまったアナキンは寒い氷の檻を二重にされ、二日間暖房もなしでそこで過ごす羽目になってしまうのであった。

＊　＊　＊

「さて、お仕事終わり」

「深刻だな、旦那」

「ああ、なにをやっていいのかわからない」

収監されているリンガイアの乗組員たちとの面会を終えて宿泊先のホテルに戻るが、いまだに明日以降の予定が伝わってこない。

エルは、ホテルの部屋に置いてあったお菓子を食べながら包み紙を見ていて、ハルカもバウマイスター伯爵領に戻ってから、そのお菓子を再現できないかと考えているようだ。

エリーゼ、アマーリエ義姉さん、イーナ、ヴィルマは子供たちの面倒を見ている。

外交特使として赴いたもののまったく先が見えず、俺はソファーに深く座り考え込んでいるが、カチヤと同じくどうしていいものやらといった感じだ。

「第一、交渉の権限は我らにはないのである！」

グダグダで何も決まらないどころか、価値観の違いから交渉が決裂するのではと思われている状況で、外交団でもない俺たちがすることなんてない。

と思っていたら、翌朝から俺たちは色々な場所に連れまわされることになった。

宿泊しているホテルで朝食を終えると、魔族の国では普及しているらしいバスタイプの魔導四輪で老人ホームに連れていかれた。

これはアレだ。

海外の要人とかが来日すると予定を組まれるアレだ。

老人たちと親しげに接している画像を放映し、国民に親近感を抱かせるというやつであろう。

「バウマイスター伯爵さん一行は特別老人ホームを訪れ、入居している老人たちと楽しい時間を過ごしたっす」

俺たち付きの記者になっているルミ・カーチスが、独り言を言いながら記事にするためのメモを取っていた。

「(本当にそう思うか？　ルミ)」

「(いやあ、魔族の国の政治家って、こういう絵を好むんですよ。一般大衆にウケがいいじゃないっすか)」

と、ルミは言っているのだが、アーネストたちは冷ややかな表情をしている。

第一、一般大衆へのウケとか言っている時点で、ルミもどこか冷めていると思う。

「(まだある程度は引っかかる奴もいるのであるが、半数は政治的なパフォーマンスだと見抜いているのであるな)」

アーネストたち魔族組は、俺の護衛のフリをして老人たちとの交流を避けていた。

「(モール、手伝えよ)」

「(え――――、嫌だよ)」

「(しかしだな、見てみるんだ)」

意味はわからないようだが、みんな老人の話を聞いてあげたり、一緒にボール遊びをしたりして仕事をこなしている。

特に、老人と一緒にボール遊びをしている導師の絵はシュールであった。

モールたちも俺と政府に雇われている以上は、老人たちの相手をしないといけないと、俺は強引に仕事をさせた。

「(わかったよ……)」

「(お前ら、心の底から嫌そうだな……)」

「(だってさ……)」

人間と同じく、魔族にも年寄りを大切にしましょうという考えが昔からあるみたいだ。

だから、年老いた魔族を世話する老人ホームが拡充され続けているのだろうが、今では老人の増加が著しく、そのせいで若い魔族が割を食っているらしい。

「(消費税は三十パーセントにまで上がったし、老人福祉予算の削減なんて叫んだ時点で選挙に勝てないから絶対に口にしないし。若い奴に金を回さないと少子化は解決しないだろう)」

選挙で政治家が決まる以上、得票数を持っている多勢の老人を優遇する政策になるというわけだ。

そんな理由もあり、最近では若い世代の投票率がどんどん落ちているそうだ。

「(みんな、白けているんだよね……)」

それでも仕事は仕事と、モールたちも新聞記事が書けるくらいのことは老人ホームで行っていた。

「これが政治的な活動なのであるか？　意味不明である」

老人ホームを出た導師は、『なぜ自分たちがこんなことを？』と首を傾《かし》げていた。

「貴族や大商人でも、養護施設に寄付をしたり、教会の慈善活動に参加するじゃないですか。それと同じだと思いますよ。まあ、そこには老人たちの票も付随していますけど……」

「選挙で選ばれる議員も、貴族と似たような印象を受けるのである」

「利権で釣って票を稼いで、その基盤を子供が受け継ぐケースも多いんだろう？　似た感じだな……」

「導師さん、ブランタークさん、そこで自分たち報道が彼らを監視しているっすよ」

などと言っているが、実はルミもどこか魔族の国の現状に疑問を抱いているのかもしれない。

なにしろ、あのアーネストの弟子だったのだから。

「記者の姉ちゃん、王国だって駄目な貴族は押し込められたりするんだぜ」

「でも、落選して無職になったりはしないじゃないっすか。と……ここで我々が言い争っても仕方がないっすね。なにしろ、次の訪問予定地は保育園っすから。働くお母さんを支援して出生率を上げるために試験的に整備された優良施設って売りっすね」

俺たちは、自分の赤ん坊の世話を他人に任せている状態で、他人の子供たちの世話をしたり遊んだりする様子を記者たちに見せる仕事をこなした。

どちらかというと地球に近い社会で親しみをもてるはずなのだが、俺はどうもこの魔族の国が好きになれない。

＊　＊　＊

「第一、俺らの存在意義はなによ？」

交渉は別口で難航しており、俺たちは客寄せパンダと同じ扱いなのだから。

「フリードリヒたちの元に戻るか……」

「そうですね……」

エリーゼたちも、この魔族の国の奇妙さに疲れてしまったようだ。

フリードリヒたちを世話しているアマーリエ義姉さんの元に戻ることにする。

「おかえりなさい。みんな元気よ」


それから一週間ほど、俺たちは各地に出かけた。

色々な場所を訪問し、魔族の国の政治家に会い、晩さん会に出たりもした。そしてその様子がルミのエブリディジャーナルも含め多くの新聞の記事となった。

「ヴェル、ボクが映ってるよ」

ルイーゼは、新聞記事の写真に自分が映っていて嬉しそうだ。

だが、来訪から十日も過ぎると、新聞から俺たちに関する記事が消えた。

「まあ、賞味期限が切れたんだね」

「バウマイスター伯爵さん、結構ドライっすね！」

一万年以上も交流がなかった人間の国から貴族様が来て、多くの妻たちを従えて各地を訪問して人々に話題を提供したが、もう魔族は飽きてしまったということなのであろう。

すべての新聞の一面が、『国立動物園で、黒白クマの双子の赤ちゃん産まれる！』になっていた。

「酷いわね。魔族の国の人たちってどうなのかしら？」

「イーナ、俺たちはまだマシな方だぞ」

テラハレス諸島で交渉を続けている外交団など、政治面の隅に記事が追いやられたままなのだから。

十日間だけでも、一面に記事が掲載された俺たちの方がマシというわけだ。

「しかも、政治面でもトップ記事じゃないって……」

老人ホームの不足と、その整備をどうするか？

食品の産地偽装が増えてきたので法律を改正すべきか？

生活保護費の削減問題。

こんな記事ばかりが大きく取り扱われている。

魔族の大半は、見たこともない外国よりも身近な問題を優先するというわけだ。

今まで外国を意識したこともないので、危機感なども薄いのであろう。

「魔族の国は、妾《わらわ》たちの国よりも恵まれてはおるな。じゃが……」

無職は多いが、別に飢え死にするわけではない。

最低限の衣食住が保証されているからだ。

それなのに、なぜかこの国には閉塞感《へいそく》が存在することにテレーゼも気がついた。

俺も、ここは前世の環境に近いのにどうも落ち着かない。

「ヴェンデリンよ、外交特使の仕事などもうほとんど終わりであろう？　早めに手を引いた方がいいぞ」

「それができたらいいけど」

俺も、テレーゼの言うとおりだとは思っている。

一向に交渉が進まない中で魔族の国に来てみたが、俺たちがなにかの役に立っているのかが不明だ。

実務的な会談など一切なく、魔族側の都合で各地に連れまわされて見世物《みせもの》にされただけなのだから。

だが、俺は陛下の命令でここに来ているのだ。

両国の交渉が進まない以上、ある程度の目途が立つまでこの地を離れるわけにはいかなかった。

「もう帰りたいな」

「エル、そういうわけにもいかないんだよ」

元いた世界に似ているからもう少し色々と見て回ろうと思ったのだが、俺もこの異世界に大分馴染《なじ》んだようだ。

魔族の国に一切未練は感じなかったが、勝手に帰国するわけにはいかないのが現実だ。

しょうがないので、赤ん坊の世話を優先してホテルで毎日を過ごす羽目になる。

「なあ、普通は政府が色々と予定を組むんじゃないのか？」

ブランタークさんが、今の俺たちと一緒に行動しているルミに質問をするが、彼女の返答は予想外のものであった。

「最初の一週間で、バウマイスター伯爵さんたちに利用価値がなくなったと思っているっす」

「なんだよ、それ」

「政権交代の弊害っすね」

今まで散々に批判されながらもどうにか政権を運営していた国権党から、魔族は変化を求めて民権党に投票した。

彼らの大半は政治の素人で、しかも民権党には保守も革新勢力も存在していて、それぞれに好き勝手言っている。

声が大きい奴が目立ち、彼らは支離滅裂気味にマスコミで自分の意見を述べ、政府がそれに釣られて政策方針を決められず、それを誤魔化すために俺たちを利用したという事情もあったようだ。

「外交特使を受け入れるという仕事はやりましたっていうアリバイっすね。交渉がまったく進展していないのを誤魔化すためめっす」

「酷い話だな」

「報道関係者には民権党支持者が多いから、彼らを批判しにくいって事情もあるっすね」

「報道関係の仕事をしている人間は、どこか反権力・反国家の性質を持つからな。市民寄りの民権党政権だから支援したいんだろうな」

「おおっ！　バウマイスター伯爵さんはよく事情を知っているっすね」

ルミが俺を褒めたが、これも前世からの知識を持っていたからだ。

「その民権党に為政者としての能力があるのかはわからないけど」

これまでのグダグダな対応を見るに、あるとは思えない。

新聞を読むと、民権党はまだ初心者だから暫《しばら》く見守ってあげないといけないという記者の意見が書かれていた。

平時ならともかく、これだけ人間の国と魔族の国が揉めている現在、素人だから対応が稚拙でも仕方がない、もう少し長い目で見てあげよう、では困ってしまうはずだ。

「人の国の政治を批判してもな。俺はヘルムート王国貴族だから内政干渉になるし」

「魔族は内政干渉する気が満々なようだけど」

イーナが言う。

ここのところ毎日、俺たちが泊まっているホテルの前に一部市民団体や政治団体が来ていたが、彼らは防衛隊によって排除された。

防衛隊の人たちに言わせると『相手にするだけ時間の無駄』らしい。

俺には彼らの要求を受け入れる権限もないので、会わなくてよかったのであろう。

その前に、ヘルムート王国とアーカート神聖帝国は後れた封建主義国家なので、選挙で政治家を選ぶ民主制に移行すべきだと言われても困ってしまう。

イーナからすれば、連中の方が内政干渉が激しいというわけだ。

「あの連中は政治家ではないので、相手にするまでもないのであるな」

「えっ？　じゃあ何者なのですか？」

者が多いのだそうだ。

「無職で暇人なのであるな」

アーネストの説明によると、無職の彼らは生活はできるので、持て余した時間を政治活動に使う者が多いのだそうだ。

「暇潰しですか？」

「そういう者も多いのであるな。お上《かみ》を批判していると偉くなったような気がして、それだけでストレスが発散するものであるな。時間も十分にあるわけで、上手《うま》くやれば民権党の政治家のように選挙に出て議員になれる者もいる。これも仕事であるな」

「仕事なんですか？」

「勿論、純粋に少しでも国民の生活を良くしようと活動している者もいるのである。数は少なく、そういう真面目な人は目立たないのが現実であるな」

アーネストによる、事実かどうかわからない過激な説明に、イーナは度肝を抜かれたようだ。

「とにかく、魔族の国と関わるとろくな目に遭いそうにない。交渉は今まで暇だった外務卿たちに任せればいいんだ」

俺たちは、陛下の命令で魔族の国を訪問した。

それだけで十分じゃないか。

「アーネスト、ホテルの飯にも飽きたな」

「そうであるな。バウマイスター伯爵は庶民の食事に興味があるのであるな」

「ホテルや訪問先では食えないからな」

段々と扱いが適当になっていくし仕事もないので、俺たちは街に出ることにした。

警備を行う防衛隊には悪かったが、これ以上は退屈で死んでしまう。

「先生、こんな時にチェーン店のレストランに伯爵様を案内するんですか？」

「高級なホテルの飯は飽きたのであるな。我が輩、ここのハンバーグセットが好きなのであるな」

アーネストは、子連れで大所帯の俺たちをファミレスに似たレストランへと案内した。

他国の伯爵様を魔族の国でも庶民的な場所に案内する……と周囲に思わせて、実はアーネストがここのメニューを食べたかったらしい。

「随分と綺麗なお店だね」

「メニューが一杯ある」

魔族の国のファミレスは、前世日本のファミレスによく似ていた。

多くのメニューがあり、値段も千エーンを超えるものはほとんどない。

出される料理も、すべて水準以上だ。

ただし出来合いなので、もの凄く美味《おい》しいというわけでもない。

まあまあでレトルト感あふれる飯が出てくる。

俺は味見だけして、エルの方にドリアの皿を回した。

「まあまあかな。狩りの途中で出れば、もう少し美味しく感じるかも。ハルカさんのご飯の方がいいや」

エルは結婚して、随分と舌のレベルが上がったみたいだ。

隣のハルカも、自分の作る食事の方が美味しいと言われて嬉しそうだ。

「エルさん、デザートの方は結構美味しいですよ」

「本当だ。無理に飯を頼む必要なかったな」

エルは、ハルカからクレープを食べさせてもらっていた。

「死ね！　エルヴィン、死ね！」

「今、嫉妬の炎が俺を焼き尽くす」

「今この瞬間、君は俺の友人じゃなくなった」

そして、その光景を見たモールたちが三人で激怒していた。

前世の俺もそうだったから気持ちはわかる。

同情すると『お前に同情されたくないわ！』と言われかねないので黙っていたが。

「器が小さい後輩たちっすね……」

「結婚しようと、独り身だろうと、それになんの意味があるのである？」

「「先輩と先生にはわからないですから！」」

モールたちは、涙目でルミとアーネストに反論していた。

「話を戻すのであるが、魔族の国にはこういうお店か、特徴的な個人のお店しか残っていないのであるな。我が輩は気軽に食事がとれるので結構好きなのであるが」

人口減で競争が激しいから、薄利多売のチェーン店と、お得意さんに支持された個性的な個人経営の店しか残れないのであろう。

「酒があるのもいいいな」

「ブランタークさん、飲み過ぎないでくださいよ」

「ちょっとだけだよ。なあ、導師？」

「お姉さん、ワインをボトルで」

ちょっとだけのはずが、導師はいきなりワインをボトルで注文した。

他にも、フライドポテトとか、ほうれん草の炒め物などをツマミとして注文している。

「酒しか楽しみがないのであるな。貧困な人生であるな」

「うるさいのである、魔族。いい年をして酒も飲まないとは貧困な人生である」

アーネストと導師はちょっと相性が悪い。

昼間から酒を飲む導師をアーネストが皮肉り、導師もすかさず言い返した。

「まあまあ、喧嘩《けんか》はしないで。周りに迷惑ですよ」

なぜか俺が仲裁に入ることになってしまったが、昼間のファミレスに似たレストランで、伯爵様一家御一行（赤ん坊九人を含む）、導師とブランタークさんのおっさん二人に、魔族五人で奥の席を独占している状態だ。

他の客や店員たちに注目されて当然であった。

「先生、こういう場合は個室のあるお店にしません？」

「うん？　我が輩、この店のハンバーグセットが食べたかったのであるな」

「そんな、特に食べたいと思うほど美味しくないじゃないですか」

「この安っぽい味がいいのであるな」

モールがアーネストの選択を批判するが、彼が他人の目なんて気にするはずがない。

それはいいが、店員の前で美味しくないとか安っぽいとか言うな！

「まあ、不味《まず》くはないからいいけど」

「でも、俺はたまにここのドリアを食べたくなる」

ラムルとサイラスも、もっといいところに行きたかったと少し不満気であったが、通い慣れているお店のようだ。

すぐに食べ終えて、今度はドリンクバーで飲み物を注《つ》いでいた。

魔族の国のファミレスにも、ドリンクバーが存在するようだ。

「何杯飲んでも同じ値段なのは凄いな。どういう仕組みなんだろう？」

「いくら飲み放題でも、そんな何十杯も飲める人はいないからな。自分で注ぐから、人件費も節約できるわけだし」

「バウマイスター伯爵さん、飲食店の事情にも詳しいっすね」

ルミが感心しているが、前世でファミレスに食材を卸したりもしていたからだ。

「酒の飲み放題ならよかったのである！」

「それは居酒屋じゃないと無理ですよ」

「バウマイスター伯爵さん、居酒屋に飲み放題の店があるのを知っているんすか？」

「あはは……。新聞に書いてあったんだよ」

「そうなんすか」

なんだ、居酒屋にも飲み放題があるのか。

ルミを上手く誤魔化せてよかった。

「飲み放題はないのか。残念」

「この辺にしておくのである！」

残念とは言うが、ブランタークさんと導師はすでに一本ずつワインのボトルを空けていた。

飲み放題がなくて幸いである。

「バウマイスター伯爵様、お金は大丈夫なの？」

「換金したからな」

俺は魔族の国の金など持っていないので、ホテルの人間に金塊を渡して換金を頼んだ。

ホテルの従業員は、街の換金ショップで金塊をエーン通貨に交換してきてくれた。

これだけあれば、ファミレスの支払いには困らないはずだ。

「一グラム八千七百エーンって高いのか？」

俺が前世の日本にいた頃には、金の値段はグラム五千円くらいだった。

エーンと円の価値が似たようなものだとすると高いような気もするけど、俺は魔族の国の金保有量なんて知らないからな。

「俺たちが軍属になる前よりも、大分値上がりしているな」

「そうだな。前は七千五百エーンくらいだった」

「我が輩がこの国にいた頃には、六千八百エーンくらいであったな」

「先生、金は投機の対象なんですよ」

サイラスの説明によると、人口が減り、国民の所得が減って経済の成長が期待できないので、株、債権、先物取引などがますます活発になり、金も品薄感から相場の上昇が続いているらしい。

「人間との接触も原因であるな」

「交易が始まるかもしれませんからね」

そうなると、金や銀で交易の決済を行うかもしれない。

だから早めに確保しておこうと、企業などが金を買い漁《あさ》っているのも相場が上昇した原因であろう、とアーネストは予想した。

「気が早いことで……」

「今の魔族の国は、あの連中が支配しているのであるな」

「政治家は、あの連中に養われているだけにすぎないか」

「だからどの党が政権を取っても、世の中そう変わらないのであるな」

どの世界でも、世の中、金を持っている奴が一番偉いというわけだな。

魔族の国は王族や貴族が没落し、商人、企業、銀行などのオーナーが新しい支配者となったわけだ。

政治家は彼らの飼い犬にしかすぎず、この辺は前世に通じる部分があるな。

「あなた、そろそろ……」

「そうだな」

このファミレスモドキの飯は普通だった。

点数にすると六十五点から七十点くらい。

味は悪くないし、値段も安いから、平日の昼間にもかかわらず店内はそれなりに客が埋まっている。

女性魔族のグループが食事をしたり、ドリンクやデザートを注文して世間話に興じているようだ。

俺たちのことは新聞に出ていたし、赤ん坊を九人も連れているからすぐに気づいたようだ。

遠巻きに見ながらヒソヒソ話をしているが、話しかけてこないのは護衛たちのせいか。

彼らの負担にもなるし、早くホテルに戻るとしよう。

「なんか、暇だな」

「それは俺も思っていたところだ。アーネストは忙しそうでいいな」

あまり気晴らしにはならなかったが、ホテルに戻ると、もうすることがなくなってしまった。

ミルクを飲み、オムツを替えたフリードリヒたちは、赤ん坊の最大の仕事である眠ることに集中している。

エリーゼたちはお茶を飲みながら話をしており、アーネストは魔族組とルミを手伝わせて遺跡資料の整理を始めた。

「みんな、考古学というロマンを忘れてしまったのであるな」

「無職が長いですから」

「俺もそうですね」

「だから先生、考古学は金にならないんですよ」

「生活保護で暮らせるのだから、金にならなくてもどこかを発掘するくらいのやる気が欲しいのであるな。我が輩の生徒なのだから」

「先生、俺たちはたまたま考古学科に入れたから入学しただけですよ。就職までのモラトリアムってやつです」

「その期間は長いけどな」

「このまま死ぬまで無職かもね」

さすがのアーネストも、モールたちのマイペースぶりには呆《あき》れてしまったようだ。

珍しく愚痴を零《こぼ》している。

「本当、しょうがない後輩たちっすね」

「ルミも、なぜ考古学を志さないのであるな？」

「先生、これでも新聞社に入社した時に文化部を希望したんすよ。上が詰まっていて、政治部に回されたんすけど」

「なんという悲劇であるな。確かに魔族は飢えて死ぬこともない。だが、活力がないのであるな。このままでは、種族の衰退が決定的となるのであるな。バウマイスター伯爵はどう思うのであるな？」

「俺に聞かれても……」

というか、そこで俺に話を振るか？

気持ちはわからないでもないが、アーネストが活力があると褒めている大陸の人間たちも、相応に大変なんだが……。

貧民街の住民になる者も多いし、子供は沢山生まれるけど、下の子供ほど雑に扱われる。

結婚できない人が多いとはいえ、無職でも最低限の生活が保障されるっていいと思うけど。

人生、そうなんでも都合よくいくはずがない。

人口が増えていく活力のある社会はその陰で不幸になる人が多いかもしれないし、今の魔族のように飢死の心配がなくなれば、種族の活力が失われる。

これはもう、生物の性《さが》、業かもしれないな。

「というわけで、魔族にあれやこれや言ってもな。内政干渉だと受け取られかねないし」

俺は、バウマイスター伯爵だ。

発言には気をつけないと。

「我が輩とて、ゾヌターク共和国をどうこうするつもりはないのであるな。別の国なりコミュニティーがあれば、我が輩はそこで存分に生活ができるのであるな」

「お前、無茶を言うな……」

魔族は長年、ゾヌターク共和国という国家でひとつに纏まっているのに、そこに別の国家を興すとは。

あきらかに反逆だと思われて討伐の対象になりかねない。

「その後ろにヘルムート王国なりアーカート神聖帝国がいると思われたら、人間と魔族の全面戦争になりかねん。バウマイスター伯爵領で大人しく遺跡の調査をしていろ」

アーネストの奴、ニュルンベルク公爵に協力していた時もそうだが、たまに危険な思想が表に出るな。

政治家でもないのだから、妙なことは考えないでほしい。

「土地ならば、いくらでもあるのであるな。ゾヌターク共和国では、完全に自然と化した放棄地域の再開発も行わず、地下遺跡の発掘予算も出さない。だから我が輩は、密出国したのであるな」

「わからんでもないが、それはアーネストの欲望が入っていないか？」

「人も魔族も、欲望があるからこそ進化するのであるな」

アーネストは、今の魔族にはそれがないという。

確かに、ゾヌタータ共和国の連中は淡白な奴が多い。

俺のイメージにある欲望に塗《まみ》れた魔族って、まだ一人も出会っていないな。

「現実問題として、こちらに戦争でも仕掛けられたら困るからな。俺はあれでいいよ」

せっかく俺が、懸命にバウマイスター伯爵領の開発を進めているのだ。

それを荒らされたり、奪われでもしたら困ってしまう。

奥さんと子供たちのためにも、俺は保守的に動かないといけないのだ。

「陛下からの命令だから来てみたが、無駄な時間だったな」

なんら実りもなく、ただ開発が遅れただけであった。

バウマイスター伯爵領では、きっとローデリヒが手ぐすね引いて待っているだろう。俺のスケジュールを綿密に組んで。

それも、かなりの密度のものをだ。

「まあいい、早速領地に戻って開発を……」

もうこの国で俺にできることはない。

みんなつまらなそうだし、早くバウマイスター伯爵領に戻る算段をしないとな。

と考えていると、あくまでも俺たちが魔族の国に滞在する間という条件で雇っていたモールたちが、必死の表情で懇願してきた。

「アーネスト先生の助手扱いでいいから雇ってくれ！」

「無職も長いと暇なんだよ」

「無職でも平気と言われれば平気だけど、たまに親の視線が痛いんだ」

「そうなのか……」

せっかく大学まで出て無職だからな。

若者の失業が多いとはいえ、ルミのようにちゃんと就職している者もいるから、比べられて肩身が狭いというわけか。

「人間の国だと仕事はあるんだろう？」

「あるけど……」

この三人は魔法使いなので、能力だけでいえば引く手数多《あまた》であろう。

ただし、人間が魔族を雇うのかという根本的な疑問は残るが。

「バウマイスター伯爵はアーネスト先生を雇っている。ということは俺たちも大丈夫なはずだ」

「なにも知らない人間の領地で働くのは不安だが、バウマイスター伯爵領なら大丈夫そう」

「というわけで、雇ってくれ！」

いきなり無茶を言ってくれる。

というか、防衛隊の目と耳がある場所で軽々しく雇ってくれとか言うな。

アーネストの存在だけでも王宮に気を使っているのに、三人も魔族を雇ったら最悪謀反でも企《たくら》んでいるのではないかと疑われかねない。

人間の国に長期滞在という扱いになるのか？

「能力は十分だと思うけど、魔族が人間の国で働くには前提条件があるな」

「それは？」

「ゾヌターク共和国とヘルムート王国の交渉が纏まること。出入国に関わる協定も結ばれるだろうし、労働条件などの規定、他国で働くわけだから税金に関する決まりも必要だな」

「先生はどうなんだ？」

「アーネストは例外だからな。例外を増やすと面倒だ」

「「「そんなぁ……」」」

そう簡単に無職状態から脱せられないことを知り、モールたちはガックリと肩を落とした。

俺から見ても、両国の交渉は上手くいっているようには見えないからな。

原因の多くは魔族側にあると思う。

王政を排して民主主義制に移行しろなんて無茶な要求には反発があって当然だ。

それに、ヘルムート王国でいきなり民主主義制を実行しても社会が混乱するだけだ。

その辺が、民権党の連中には理解できない……わざと混乱させて支配下に置こうと考えているのかもしれないけど。

「民主主義は、俺たちを救わないな！」

「職も与えてくれない！」

「結婚したい！」

叫ぶ、無職の魔族男性三人。

こいつら、別に怠け者でもバカでもない。

ちょっと運が悪いだけでこの有様だからな。

お上《かみ》に色々と言いたいこともあるのであろう。

「若者の半分が無職って凄いわね。でも、ゾヌターク共和国があるこの島って、無人の領域の方が多いのよね？」

「放棄した地域が多いからね」

　モールは、元々考古学を学んでいたので歴史にもある程度詳しい。

　豊かになった魔族には少子高齢化が進行し、人口が減って徐々に可住領域を減らしていった歴史をイーナに説明する。

「勿体《もったい》ないから、そっちに移住したら？」

「でも、それだと社会保障とかがなぁ……」

　ゾヌターク共和国が管理していない誰もいない土地で暮らすと、自由ではあるが、最低限の生活が保障されなくなる。

　魔族は魔力持ちだから生きていけると思うけど、文明的な生活が送れる保証もないから嫌というわけか。

「今のゾヌターク共和国での生活が嫌だから離れたいのに、そのゾヌターク共和国の社会保障とやらには縋《すが》るというのは変じゃない？」

「それは……」

　イーナの正論に、モールは口を閉ざしてしまった。

　確かに、ゾヌターク共和国の影響下から脱して自由に暮らしたい人が、そのゾヌターク共和国の社会保障に縋るのは変だよな。

　自由には、飢死する自由と病死する自由もあるのだから。

「私は、この国は恵まれていると思うわ」

ヘルムート王国に生活保護なんて存在しないからな。

年金や健康保険もそうだ。

最後のセーフティーネットが教会という時点で、ヘルムート王国の社会保障レベルはお察しなのだから。

「どちらかを選ぶしかないと思うけど」

「無職でも生活保護で困らない暮らしか、自由に働けるが社会保障は一切ない暮らしか……」

俺がモールたちの立場でも迷うな。

俺の場合は、スタート地点がバウマイスター騎士爵領だったから懸命に足掻《あが》いただけだ。

もし魔族としてこの国に転生していたら、まだ学生で気楽に暮らしていたかもしれない。

「バウマイスター伯爵殿」

ちょっと考え込んでいたら、俺たちの部屋の前で警備をしていた若い男性魔族が声をかけてくる。

「なにかありましたか？」

「実は、客人が見えられております」

「客ですか？　どんな方でしょうか？」

王族貴族批判命の変な運動家とかだと嫌だからな。

その手の連中は警備隊の人たちが排除しているらしいが、完全という保証もないのだから。

「それが、旧ゾヌターク王国の魔王陛下と、その宰相を名乗っております。同じノブレス・オブリージュを信念とする者同士、交流を深めたいと……」

「あのぉ……魔族の王って、まだいたんですか？」

俺はてっきり、革命で首チョンパにされてしまったものだと思っていた。

主なイメージは、フランス革命である。

ゾヌタ－ク共和国の連中を見ていると、王様の存在なんて許せないという風に見えてしまうのだ。

「一応、いるというのは知っています……。私はお会いしたことはありません」

防衛隊の若い魔族は、王様が存在する事実は知っているらしい。

だが実際に会ったことがないので、本物かどうか確信を持てないという表情をしていた。

「そんな者たちを通して危険はないのか？」

本物の王様かどうか怪しい者を警備担当者が通そうとした事実に、ブランタークさんが過剰に反応した。

もし俺や子供たちになにかあると大変だからだ。

「危険はないのです」

「そうなのか？」

「はい。王様といいましても、今はなんの力も権限もありませんから」

若い魔族の説明によると、ゾヌタ－ク共和国の前身であるゾヌタ－ク王国は無血革命で国家としての生を終えた。

王族や貴族は殺されなかったが、大半の資産を共和国政府に没収されて庶民に転落。

勝手に王様や貴族を名乗るのは民主主義の精神のおかげで自由であったが、庶民並みの力しかない者が王族や貴族を名乗っても滑稽でしかない。

徐々に王族や貴族を名乗る者は減っていき、ついにはほとんどいなくなってしまったという事情を魔族の若者は説明してくれた。

「力をなくしたとはいえ、王族と貴族の接近は危険じゃない？　痛くもない腹を探られるのは嫌だぞ」

俺が王族をけしかけ、ゾヌターク共和国を混乱に陥れようとしていると思われるのも嫌だ。

なので、無理に会う必要もないと思うのだ。

「本当になんの力もありませんので、それに……」

「もうよい。ここからは余が話をしよう」

魔族の若者を押しのけ、その魔族の王……魔王か……でも、ＲＰＧのように敵というわけでもなく、ただ単に魔族の王様の略称でしかない……が姿を見せた。

見せたはずだが、誰もいないな……。


「バウマイスター伯爵殿、下だ」


「下？」

少し視線を落とすと、そこには王様の格好をした魔族の少女がいた。

女性だから女王なのか。

背が百二十センチほどしかなく、とても小さい。

年齢は七、八歳か？

魔族の成長速度を知らないので実はもっと上かもしれないけど、下手をすると幼女に見えるな。

将来は美人になるかもしれないけど、今は一言で言うと可愛《かわい》い女王様といった感じだ。

「ちっさ……」

「こらっ！　小さい言うな！」

どうやら、小さいと言われるのが嫌いらしい。

すぐさま俺に抗議してくる。

「陛下、ここは穏便に……。魔王たる陛下が、この程度のことで激怒してはいけません。王の器は体の大きさとは比例しません。内に持つ度量の大きさと比例するのです」

「なるほど、危うく激怒するところであった。このバウマイスター伯爵殿が、余の器を見定めようと、わざと挑発している可能性もあるのだな？」

「ご賢察です、陛下」

可愛い女王様の同行者は、身長百六十五センチほど。

黒いショートカットに、隙《すき》なくきめたスーツ姿が似合う、いかにもキャリアウーマン風といった感じのとても綺麗な女性だ。

彼女が宰相……こちらも実権はないから、宰相の家系というわけだな。

女王陛下は子供なので、現実的な話はこちらの宰相に話を聞かないといけないわけだ。

「伯爵様」

「バウマイスター伯爵」

「もの凄い魔力ですね……」

さすがは、魔王と宰相、アーネストも相当だが、それ以上の魔力量だ。

特に女王陛下は、とてつもない魔力を秘めている。

彼女の先祖が、魔王として戦争で活躍したという事実は納得できるな。

「魔力など、いくらあってもゾヌターク共和国ではさして役に立たぬぞ」

「そうなのか？」

「魔族はみんな、一定以上の魔力を持っておりますので」

魔王の代わりに宰相さんが説明してくれた。

「ゾヌターク共和国では、魔道具が発達しております。改良が進んで段々と使用する魔力量が減っている関係で、多くの魔力を持っていても無意味だと思われているのです」

消費魔力量の減少……、技術が進んで省エネ家電みたいになっているのか……。

魔族はみんな魔力を持っているから、魔道具を開発する頭脳と技術、あとはこの高度な社会を運営するスキルがないと上にあがれないわけか。

昔のように魔力がある魔王や貴族が戦場で活躍し、他の多くの魔族たちを従えるというパターンが通用しなくなったわけだな。

「それで、本日はどのようなご用件で？」

「先ほど言ったとおりだ。ノブレス・オブリージュを信念とする者同士、共に交流を深めようぞ」

「つまり、この国には王族や貴族を名乗っている者はほとんどおりません。同類と交流したいわけです」

「ぶっちゃけたなぁ……」

特に害もなさそうなので、俺は魔王と宰相さんを部屋に招き入れた。

「改めて自己紹介しよう。余の名は、エリザベート・ホワイル・ゾヌターク九百九十九世である。この者は、余によく尽くしてくれる宰相のライラだ」

「ライラ・ミール・ライラと申します」

魔王が胸を張りながら自己紹介をするが、悲しいかな、胸がないのであまり意味がなかった。

もう少し成長しないと、胸を張る意味はないであろう。

「むむっ……バウマイスター伯爵の妻たちはみんな胸があっていいの……」

魔王はエリーゼをはじめ……ルイーゼは無視して、俺の妻たちの胸を見て羨《うらや》ましそうな表情を浮かべた。

「ああ、やっぱり……」

出産しても胸が大きくならないルイーゼは、魔王に無視されて一人落ち込んでいた。

「陛下はまだ十歳です。あと十年もすれば成長いたします」

「そうだな、そうすれば余もスタイル抜群の国民に愛される魔王になれるな」

随分と俗ズレした王様というか……。

王の器量と胸の大きさって、関係あるのであろうか？

「魔族は女性でも王になれるのか？」

「そなたは？」

「陛下、彼女の佇《たたず》まいからして只者《ただもの》ではありません」

宰相さんは、テレーゼの雰囲気だけで彼女の正体をほぼ見抜いた。

「妾は元公爵にして、運命が変わっておれば女性皇帝になっていたかもしれぬ身じゃ。だが、今はただの女にすぎぬ」

テレーゼは、元の自分と同じ立場にある魔王に興味を持ったようだ。

「なるほど、理解できました。ゾヌターク王国時代は男性しか魔王になれませんでしたが、これも時代の流れです」

「余は、国民に愛される魔王を目指しておる。それに、今の世は女性というだけで票を得て政治家になっている者もおるからな。女性の魔王ならば、国民に人気が出るかもしれぬ」

なんと言っていいのか……。

やっぱり俗っぽい理由だな。

「人気取りのための戦略というわけじゃやな」

「今の余が置かれた状況はあまりよくないからな。手段は選んでおれぬ。もう一つ、直系の王家の生き残りは余だけになってしまったのだ」

没落した王家は、普通の勤め人をしながら日々の生活を送っていた。

ところが、エリザベートの母親が彼女を産んだ直後に病死し、父親も三年ほど前に事故で亡くなってしまったそうだ。

そこで、同じく宰相家の一人娘であるライラが、保護者としてエリザベートを引き取ったらしい。

「世知辛い」

「他に、適当な言葉を思いつかないわね……」

ヴィルマやアマーリエ義姉さんと同じく、俺もそれしか思い浮かばなかった。

「ご両親を亡くされたのですか。まだお小さいのに……」

奥で寝ているフリードリヒたちと比べてしまったのかもしれない。

優しいエリーゼは、幼くして両親を失ったエリザベートに心から同情していた。

「心配してもらったことには感謝するし、記憶にないママはともかく、交通事故でパパが亡くなった時には悲しかった。だが、だからこそ余は、王家を復興しなければならないと心に誓ったのだ！それこそが、天国のパパとママを安心させる方法なのだから」

「陛下、ご立派でございます」

「……」

立派なんだけど……幼くして両親を亡くしたにもかかわらず、前向きに生きていて俺には真似できないかもと思うけど……魔王なのに両親をパパとママって呼ぶんだなぁ。

『父上』、『母上』、『陛下』じゃないのか……。

「それに余は子供一人なので、今は生活保護も出ており、生活はなんとかなっておる」

「私も、常にお世話させていただいております」

「ライラの常日頃の献身、余はとても感謝しておる」

「勿体なきお言葉にございます」

この国は社会保障が充実しているから、魔王様が一人でも生活には困らないというわけか。

宰相も、時間があれば彼女の面倒を見ているようだ。

だが、仕事をしながらだと大変だよな。

「時間の都合をつけるため、普段はいくつかのアルバイトを掛け持ちしております」

生活保護の魔王と、フリーターの宰相か。

ある意味、斬新な組み合わせである。

「無職なのか」

「俺たちと同じだね」

モールたちがエリザベートに親近感を持ったようだが、彼女の方は彼らにつれなかった。

「余は両親を亡くし子供だから生活保護を受け、普段は学校に通っている身だ。そなたらは両親も健在でいい大学も出ておるのだろう。それなのに無職とは嘆かわしい」

「あがっ！　世間からの悪意と同じ物言いだ！」

「小さいくせに、もの凄い毒舌だぁ！」

「まな板のくせに……」

「ちっさい言うな！　余はすぐに背が伸びる予定だ！　胸もすぐにバウマイスター伯爵の妻たちのようにバインバインになる予定だぞ！」

無職の若者たちが、自分の方がマシだと罵《のの》り合う国。

確かに、あまり将来には期待が持てないかも。

でも、エリザベートがエリーゼたちのように成長するものなのかね？

「陛下、落ち着いてください」

「ライラの言うとおりであった。今日はとても大切な話があったのだ」

「その前に、お茶とお菓子をどうぞ」

客を招き入れて、お茶ひとつ出さないというのも失礼だと、エリーゼとリサがお茶を準備していた。

今日のお茶請けは、この国の製菓店で購入したシュークリームだ。

一個五百エーンもするが、クリームが上品な甘さでシューにたっぷり詰まっている。

客層もお金持ちばかりで、俗にいうセレブ御用達のお店のようだ。

「おおっ！　『デモワール・シュー』の高級シュークリームではないか！　久しぶりだな」

エリザベートは、大喜びでシュークリームを食べ始める。

「陛下、お口の端にクリームが」

「うむ、大義である」

エリザベートは、ライラから口の端についたクリームを拭いてもらいながらシュークリームを心から堪能していた。

お菓子に大喜びするところを見ていると、この魔王様も年相応の子供なんだよな。

ライラさんも、宰相というよりも魔王様のお母さん……は失礼か、お姉さんみたいだなと思う。

「生活保護の身ではこれは購入できぬからな。世間では生活保護者が高価な品を買ったり博打《ばくち》に興じたりすると、新聞で批判されてしまうのだ。重箱の隅を突《つつ》くような話しであろう？」

「いやあ、耳が痛い話っすね」

魔王様に批判されたルミは、困ったような表情を浮かべながら頭を掻いた。

「ところで、美味しいお菓子にはお茶がよく合うというのが、魔族、人間を問わず、高貴な者たちの間では周知の事実と聞く。であるな？　ライラよ」

「陛下のおっしゃるとおりかと」

「あっ、はい。すぐにお茶のおかわりをお淹《い》れしますね」

人間、魔族を問わず、お菓子にお茶が合うのは確かだ。

変なおかわりの催促の仕方だけど、嫌味ではなく微笑《ほほえ》ましいので、エリーゼがすぐにお茶のおかわりを淹れ始めた。

ちなみに茶葉は、ホテルの備え付けではなく、俺たちが持ち込んだものだ。

「このお茶は、いい茶葉を使っているようだな」

「はい、貴重な森林マテ茶です。自然で育った貴重な茶葉です」

俺はエリザベートに、茶葉の説明をした。

「なるほど！　確かにこのお茶は素晴らしいな！　天然自然なのがいいではないか」

この前、ヘルムート兄さんから贈ってもらったものだけど、気に入ってもらえてよかった。

「おっと、大切な話があったのだ。うむ。やはり、デモワール・シューの高級シュークリームは美味であるな」

またもシュークリームに集中するエリザベートであったが、よほど美味しいのか、再び口の端にクリームがついていてライラさんに拭いてもらっていた。

「まだありますので、お土産にいかがですか？」

「おおっ、催促したようですまぬな、バウマイスター伯爵殿よ」

極論すれば、一個五百円の高級シュークリームで籠絡《ろうらく》される魔王様か。

この国の王族や貴族は大変なんだな。

「……」

「俺は甘い物がそんなに好きじゃないからなぁ……陛下、いかがですか？」

「すまぬの」

「ところで陛下には、お館《やかた》様に対し、なにか込み入った話があるはず」

シュークリームをエリザベートに譲ったエルが、彼女が来訪した真の理由を尋ねる。

確かにエルの言うとおりで、ただ高貴な身分の者同士交流を深めるためだけとは思えない。

意外にもちゃんと家臣をしているエルの問いに対し、二つ目のシュークリームを食べていたエリザベートは途端に緊迫した面持ちとなった。

ライラさんが口の端のクリームを拭く前に彼女は椅子の上に立ちあがり、食べかけのシュークリームを掲げながら演説めいたものを始めてしまう。

「このままいけば、魔族におけるノブレス・オブリージュは滅んでしまう。よって余は決意した。余は実力を伴った魔王になるぞ！　バウマイスター伯爵、共に頑張ろうではないか」

「はあ……」

どうやら、再び俺たちに厄介の種が舞い込んだようであった。

巻末おまけ　メイド、焼け木杭《ぼっくい》に火？　に遭遇する

「エルに仕事ですか？」

「はい、数日でいいのですが……ホールミア辺境伯家諸侯軍が動員されたせいで、剣術の講師が足りなくなってしまったのです。エルヴィンさんには、サイリウスにいる警備隊員の卵たちに剣を教えてもらいたいのですよ」

「エル、いいか？」

「お任せください、お館《やかた》様（臨時講師だろう？　そのくらいならいいよ。こういうのはお互い様だからな）」

「じゃあ、頼むな」

「サイリウスの練兵場に集めた少年たちが相手なので、通うのも楽かと思います」

魔族との交渉は、敵味方双方に事情があって状況がなかなか進展せず、お館様がサイリウスの町で待機というか漁をしていた頃……貴族が漁をする……普通ならあり得ないのですが、お館様なら普通にアリですね。

ホールミア辺境伯様の家臣の方が、エルヴィン様にお仕事を頼んできました。

サイリウスに配備される予定だった警備隊員の卵たちに剣を教える。

本来教える予定だった人たちは、全員がすでに諸侯軍によって召集されており、講師不足のため

エルヴィン様に白羽の矢が立ったというわけです。

エルヴィン様は戦績もあり、ヘルムート王国では名の知れた剣士の一人ですから。

「エルさん、私も教えましょうか？」

「ハルカさんのは刀術だろう？　ここホールミア辺境伯領では、刀なんてそう滅多に手に入らないから、あくまでも剣を教えないと駄目なんだよ。レオンと留守番をしていてくれ」

「確かに、私は剣がさほど使えません……わかりました。お早いお帰りを」

留守番が決まったハルカ様が寂しそうです。

カタナと剣。

私には同じようにしか見えませんが、この二つの取り扱いには大きな差があるそうです。

エルヴィン様はどちらも使えますが、ハルカ様は剣があまり扱えない。

今回は剣を教える仕事なので、ハルカ様は手伝えないわけですね。

「あっ、でも雑用をする助手が欲しいな」

「は――――い、私が立候補します！」

「私も」

「じゃあ、レーアとアンナ。よろしくな」

ここでちゃんと、エルヴィン様を補佐する仕事に立候補する。

エルヴィン様の未来の妻ならば当然のことです。

ハルカ様にはレオン様のお世話がありますし、ここは私とアンナさんで引き受けるのが筋でしょう。

「じゃあ、行ってくるよ」

「頼むな、エル」

「任せてくれ、お館様」

ハルカ様とレオン様、お館様たちに見送られ、エルヴィン様と私とアンナさんは、サイリウスの警備隊詰め所に隣接する練兵場へと向かうのでした。

そこで、エルヴィン様にとって運命ともいうべき再会が待っているとも知らず。

＊　＊　＊

「エルさん？　エルヴィン様ですか？」

「カルラさん？　どうしてここに？」

「夫も諸侯軍に召集され、人手不足なので私が弓を教えることに……」

「俺もです。剣を教えることになりまして……カルラさんの弓の腕前なら、教わる方も喜びますよ」

「エルヴィン様はご活躍だそうで」

「エルヴィン様はやめてほしいかなぁ……って」

「そういうわけにはいきません。エルヴィン様は、バウマイスター伯爵家で押しも押されもせぬ重臣なのですから」

「そんな実感ないですけどね」

練兵場において、エルヴィン様と一緒に弓を教える講師の方に挨拶をしたのですが、黒い艶《つや》やかな髪が特徴の、どことなくハルカ様に似た綺麗《きれい》な女性。

しかも、再会したエルヴィン様はとても嬉《うれ》しそうです。

彼女は何者なのでしょうか？

ご実家の方々以外、エルヴィン様と近しい西部の人がいるとは知りませんでした。

「アンナさん、彼女はエルヴィン様の故郷の方とかですか？」

「いえ、見たことがない人ですね」

となると、なにかしら別の理由で知り合った女性でしょうか？

「レーアさん、臨時講師は貴族家の家臣の方か、その家族と相場が決まっております。彼女は、ホールミア辺境伯家の家臣の娘さんではないでしょうか？」

さすがはアンナさん、ナイス推論です。

警備隊員の卵たちに武芸を教えるのですから、いくら腕がよくても怪しい人には講師役を頼みませんよね。

ホールミア辺境伯家の家臣の娘さん……もしかしたら奥さん？

ですが、お館様と同じような境遇のエルヴィン様が、ホールミア辺境伯家の家臣やそのご家族と知り合いになれるものなのでしょうか？

ますます疑問が深まります。

「レーア、アンナ。そろそろ始めるぞ」

「は――――い」

「わかりました、エルヴィン様」

おっと。

考え事ばかりしている場合ではありませんね。

私とアンナさんは、エルヴィン様の手助けをしなければ……休憩で飲むお水や汗を拭くタオルを用意するくらいなので、そう大した仕事でもないですけど。

エルヴィン様にもお立場があるので、一人で行くわけにはいかないというのが、私たちがついてきた大半の理由ですね。

「あら、お二人とも、可愛《かわい》らしいメイドさんたちですね」

「二人目の妻のアンナと、三人目の妻になるレーアです」

エルヴィン様は、謎の黒髪の美女に私たちを紹介しました。

特に躊躇《ためら》いはなし……ということは、ただの知り合い？

でも、エルヴィン様が話をしているのを見るとかなり親しそう……謎の美女ですね！

「エルヴィン様のお立場を考えれば当然ですね。実は、私の夫も二人目の奥さんを娶《めと》りまして

……」

「そうですか……こういう時、おめでとうと言うのも変なので、どう言ったらいいか困りますね」

「そうですね」

やはり、黒髪の美女はホールミア辺境伯家の家臣の奥さんのようです。

ただ、本当にエルヴィン様との関係がよくわからない。

「さあて、指導を始めるかな」

「私もです。夫の代理を見事務めませんと」

それからの二人は、本当に真面目に剣術と弓術を教えていました。

ですが、そんな二人の様子を見ていると、ますますその関係が気になってきました。

なにかあるのでは？

「なにかあると思います！」

ですよねぇ……。

アンナさんもそう思っているくらいなのですから。

「すいません。もう何回かお願いしてもいいでしょうか？」

「俺はいいですよ」

「本当に助かります。なにしろ、根こそぎ動員されて、ホールミア辺境伯家はどこも人手不足なのですよ」

練兵場の責任者が、エルヴィン様にお礼を言いながら、もう何回か剣術の指導をしてほしいとお願いしてきました。

エルヴィン様は快く引き受けましたが、となると、また黒髪の美女と一緒に？

「エルヴィン様のご指導、とても評判がいいですよ」

「それはよかった」

「またお会いできますね」

「カルラさんも、暫《しばら》くは弓術を？」

「はい、夫の代わりですから」

少なくとも、あと数回はこの二人は顔を合わせる。

ただの知人同士にも見えず、私とアンナさんは寝泊まりしている魔導飛行船に戻ってから、急ぎドミニク姉さんの元に駆け込むのでした。


「というわけでして、私たちの中で一番年食っていて、奉公期間も長いドミニク姉さんに聞いています」

「誰がおばさんですか！」

「痛いですよぉ――――。そこまで言っていませんから」

「（この二人のやり取りが、よく理解できない……）」

「アンナさん、なにか？」

「いいえ。エルヴィン様は西部のご実家にいた頃は、領地の外にほとんど出なかったので、どうやってカルラという方と知り合ったのか、とても不思議だなと思いまして……」

アンナさん、何気にドミニク姉さんの追及をかわすのが上手ですね……。

見習わないと。

「カルラ様ですね。あの方は、元々ブロワ辺境伯家の一族なので……」

ドミニク姉さんによると、私がバウマイスター伯爵家で奉公を始める前、ブロワ辺境伯家との紛争において、エルヴィン様はカルラという女性と知り合ったとか。

しかも彼女、先代のブロワ辺境伯の娘さんだというから凄《すご》い。

「ブロワ辺境伯家の方が、ホールミア辺境伯家の家臣の奥さん？　それって変じゃないですか？」

夫の代理で弓を教えるなんて、大貴族の娘さんは普通やりませんよ。

「カルラ様は紛争のあと、ブロワ辺境伯家の籍から抜け、結婚を約束していた方の元に嫁ぎました。それがホールミア辺境伯家の弓術指南の方だとか……。カルラ様も弓の名手だそうです」

なるほど。

だから、あのカルラという方は旦那さんの代わりに弓を教えていたのですね。

「で、エルヴィン様とはどんな関係なのですか？」

アンナさん、そこはすかさず聞きますね。

「エルヴィン様は、カルラ様に懸想なされまして……その……その時にはすでに婚約者の方がいらっしゃったので……」

エルヴィン様は、見事にフラれてしまったと。

「そのあとはハルカ様と結ばれ、アンナさんもいて、オマケでレーアもいるので、もう未練はないと思いますよ。良き思い出なのでは？」

「ドミニク姉さん？　私はオマケなんですか？」

「我らはメイドなのです。ご主人様やその周囲の方々の根拠もない噂《うわさ》を広げるなど論外です」

「スルーされた！」

アンナさんと私。

随分と扱いが違いませんか？

そこに不公平さを感じます！

「そうですよね。エルヴィン様にはハルカ様も、私も、レーアさんもいますから。それに、カルラさんは他人の奥さんなのですから」

「そうですかね？」

「レーア、なにが言いたいのです？」

「いや、ほら……その時はフラれたとしても、今のエルヴィン様はバウマイスター伯爵家の重臣としての地位を確立されました。一方、カルラという方の旦那さんはどうでしょうか？」

その他大勢って感じで諸侯軍に召集され、夫の代わりに弓を教えている。

元ブロワ辺境伯の娘としては不本意なのでは？

「いざ、愛する人の元に嫁いではみたものの……ってやつですよ」

募る、結婚生活への不満。

愛する人と結ばれたはずなのに……今、どうして私は幸せではないのか？

どこで間違ったのか？

あの時、あの人と結ばれていたら、私はもっと幸せだったのではないか？

「とまあ、こんな感じでカルラという方はエルヴィン様に乗り換える可能性が……」

「レーア、そんな、イーナ様がよく読む本でもあるまいし……」

そういえばイーナ様って……。

自分はお館様とラブラブなのに、そういう非現実的なシチュエーションのお話が大好きですよね。

「あっ、でも……」

「アンナさん、なにか気になることでも？」

ドミニク姉さん、アンナさんにはえらく気を使いますね……。

つき合いは私の方が圧倒的に長いのに……。

「カルラさんという方が仰《おっしゃ》っていました。旦那さんが新しい奥さんを迎え入れたと」

「カルラ様の旦那様は弓術指南役。それなりの格なので、奥さんが二人いてもおかしくないのでは？　ご出世なされたとも言えます」

「そこですよ！　ドミニク姉さん！」

元より募っていた不満。

そこに、さらに新しい奥さんという新しいファクターが！

「夫は新しい奥さんに夢中になり、さらにカルラという方と新しい奥さんとの間にも不和が生じ、彼女はますますエルヴィン様に想《おも》いを募らせるようになる。エルヴィン様もまんざらでもなく……」

以前フラれた女性に言い寄られる。

男性なら、つい誘惑に乗ってしまうかもしれません。

「レーア、それはあくまでも推論なのでしょう？　エルヴィン様とカルラ様が真面目に指南役を務めていると言っていたのは、あなたではないですか」

「でもですね。私たちが見ているのに、堂々とイチャイチャなんてしないと思いますよ」

実は密《ひそ》かに連絡を取り合い、お休みの日とかに密会するとか？

特にここは、ホールミア辺境伯領という外地。

バウルブルクではないので、知人の目もほとんどないのですから。

「……考えすぎだと私は思います。とにかく、おかしな噂を流さないように」

「あっ、でも。私からしたら、色々と心配になるんですよ」

だって、もしエルヴィン様がカルラという方と……な関係になったら、私は弾《はじ》かれて奥さんになれないじゃないですか。

「その前に、カルラという方も既婚者ですよね？」

共に配偶者があり、許されない関係なので、二人は手を取り合って駆け落ち……。

私、前にイーナ様から借りた本で読みました。

こういう男女の関係は、障害が大きければ大きいほど燃えるって！

「ええと……確か、焼けなんとかに火……思い出しました！『焼け木杭《ぼっくい》に火』ですよ！燃え上がりやすいんです！」

「そんなに心配なら、ちゃんとエルヴィン様を見張っていればいいのでは？」

ドミニク姉さん、私の推論をまったく信じていませんね。

そんなことは、絶対にあり得ないと。

ですが、もしものことがあったら、私の『エルヴィン様の可愛らしい新妻計画』がご破算になるかもしれません。

私は私の幸せのため、カルラという方を見張りますよ。

というわけで、それから一週間ほど。

何度か行われたエルヴィン様による剣術指導はついに最終日を迎えました。

週明けからは、ホールミア辺境伯家の家臣の方が戻ってきて剣術を教える予定だとか。

カルラという方は、ホールミア辺境伯家の家臣の妻なのでこのままらしいです。

訓練終了後、二人はとりとめのない世間話をしています。

ですが、もしかしたらこのなんということもない会話の中に、二人だけがわかる愛のささやきがあるかも……もしくは、密会の約束？

「エルヴィン様は、明日のご予定は？」

「休みなんですよ。たまには一人でサイリウスの町に出ようかなって」

「そうですか。私も普段はホールミアランドに住んでいるので、サイリウスの町はよくわからないんです」

「そうですか」

「実は私も明日はお休みで。急遽《きゅうきょ》呼び出されたので、生活に必要なものも買いに行きませんと。私は長くなるかもしれませんから」

「旦那さんは、諸侯軍に召集されたままですか」

「暫くは状況も動かないと思いますし、長いこと離れ離れかもしれません」

「大変ですね」

「他の家臣の方々も同じなので」

一見、ただの世間話に聞こえますが、私は気がついてしまいました。

これはもしかしたら危険なのではないかと！

「どうしたんですか？　レーアさん」

「アンナさん、明日は危険です！」

まず第一に、エルヴィン様もカルラという方もお休みです。

エルヴィン様が明日お休みなのは知っていますけど、剣を見に行きたいとかで、ハルカ様も、私たちも誘ってもらえませんでした。

さらにカルラという方もお休みで、しかも町に長期滞在に必要な品を買いに行くとか。

「これは、もう町で待ち合わせをする公算が高いです！」

「ええ――っ！　本当ですか？」

アンナさんは甘いと思います。

サイリウスはそれほど広い町でもなく、しかも武器屋も生活用品を売るお店も、同じ商業街の中にある。

つまり、偶然出会ったかに見せかけた、町中での合流も可能というわけです。

「だから、私たちを誘ってくれなかった……」

「その可能性は高いですね」

一人なら、『ちょっと一緒にお茶を……』とか、『お食事を……』とか先に進めるではないですか。

「レーアさん……」

「これは、先に手を打っておいた方がいいですね」

「でも、どうすれば？」

「こういう時は、ドミニク姉さんに相談です」

というわけで、私とアンアさんは魔導飛行船に戻ってすぐ、ドミニク姉さんに二人の会話を一言一句、間違いなく伝えました。

「……レーア」

「はい、なんでしょうか？　ドミニク姉さん」

「考えすぎなのでは？」

ええっ――――！

私が思っていたよりも、ドミニク姉さんの反応が薄すぎます！

「過去のお二人の事情が事情なので、これは注意しなければいけないと思います！」

「大げさとまでは言いませんが、レーアが気にしすぎだと思いますよ。こう言うと語弊があるかもしれませんが、エルヴィン様はその……フラれたのですから」

「それは昔の話じゃないですか」

あの頃とは違い、今のエルヴィン様は多くの功績をあげ、お館様の一番の親友にして、バウマイスター伯爵家でも有名な重臣として世間に知られています。

一方、カルラという方の旦那さんは、エルヴィン様ほど大身というわけではない。

過去の恋心を利用し、エルヴィン様とヨリを戻す算段かもしれません。

「気をつけるに越したことがないのです」

「それとレーア、そんなことを大きな声で……ひぃ――――！」

「どうかしましたか？　ドミニク姉さん」

ドミニク姉さんが悲鳴をあげるなんて珍しい。

大きなカエルでも出ましたか？

「えっ？　なんです？　後ろ？」

私の後ろになにかあるんですか？

大きなカエル……はないにしても、もしかしてゴキブリでも出たとか？

ですが、この魔導飛行船に設置されたキッチンは、まだピカピカの新品。

ちゃんと掃除もしていますし、ゴキブリなんて出ないはず。

あまりにドミニク姉さんの表情や顔色が変わって面白いので、なにがあるのかと思いながら、私は振り返りました。

すると……そこには、禍々《まがまが》しいオーラが見えてしまいそうなほど、冷たい表情を浮かべるハルカ様が立っていたのです……。

「ああ……だから大声で言うなって、ドミニク姉さんは……」

これはもう、ホラーですね。

「もう遅いです。それと、レーアに今伝えなければいけないことがあります」

「なんでしょうか？」

私、メイドの勘でなんとなくわかります。

きっとこれから、私が色々と不幸なことになるんですよ。

「ハルカ様は、カルラ様のことを今まで知らなかったのです。というわけで、これからご説明しなければいけないわけでして……」

「ドミニクさん、レーアさん。カルラという方についてご説明願います」

ハルカ様！

カタナに手をかけないでください！

今のところは、過去に終わったエルヴィン様の失恋話でしかないのですから！

「あなたが、勝手に話を大きくしたのです。責任を取ってもらいますよ」

と言うと、ドミニク姉さんは私の腕を強く握りました。

もう逃がさないぞ、といった感じですね。

そういうのはエルヴィン様としたい私は、年頃の美少女メイドです。

「あっ、でも。こういうのは、同じくエルヴィン様の妻であるアンナさんも連帯責任で……って！

いない!?」

やけに発言がなく静かだと思ったら、アンナさんの姿はもうありませんでした。

ああ見えて、機を見るに敏だったというわけです。

「いやあ、私はカルラ様という方には詳しくないので……」

説明は、ドミニク姉さんがいれば事足りると思うのです。

私は夕食の支度を……食事が遅れるとお館様が……唯一気をつけなければいけないことなので
……。

「散々危機感を煽《あお》っておいて、自分だけ逃げるなど許されるわけがありません。私の隣に立っていなさい」

「はい……」

それから暫く、ドミニク姉さんがハルカ様にエルヴィン様とカルラという方の関係を説明している間、私は針の筵《むしろ》にでも座らされたかのような、苦しい時間を過ごす羽目になったのでした。

＊　＊　＊

「そうですか……エルさんにそんな過去が……」

「それほど大げさな話ではなく、エルヴィン様がカルラ様にフラれただけのことかと思います」

「そこで、ド直球に真実を語るドミニク姉さんが凄い……」

「でしたらなおのこと。カルラという方から言い寄れば……明日、密かに偵察しましょう」

「了解です！」


事情を聞いたハルカ様は、明日、エルヴィン様を密かに尾行して、カルラという方と接触がないか確認すると宣言しました。

将来エルヴィン様と結婚する私も、当然参加です。

拒否などあり得ません。

だって私は、エルヴィン様の奥さんになるのですから。

ここで、カルラという方と駆け落ちでもされたら困ります。

「ですがハルカ様。エルヴィン様を尾行するのは難しいのでは？」

ドミニク姉さんの懸念は理解できます。

優れた剣士にして冒険者でもあるエルヴィン様相手だと、尾行していることに気がつかれてしまうかも。

「しかも私たちって、メイド服姿ですから目立ちますよ」

ホールミアランドならメイドなんてそう珍しくもないのですが、ここは漁港であるサイリウスです。

私たち以外でメイド服を着ている人なんて、そんなにいませんでした。

このまま尾行なんてしたら、目立つこと請け合いです。

「私も普段の格好だと、エルさんに気がつかれてしまいます。ここは変装しかないですね」

目立たない格好をして、エルヴィン様に尾行を勘づかれないようにする。

このくらいの対策は基礎の基礎ですね。

「どんな格好がいいのでしょうか？」

「それは、このサイリウスの町で目立たない格好です。私が用意しましょう」

「ありがとうございます、ドミニクさん」

もはや明日、エルヴィン様の尾行を拒否することはできないと感じたドミニク姉さんは、完全に忠実なメイドモードに切り替えたようです。

尾行に使う衣装を用意するのも、メイドの仕事かって？

必要ならばそれも、メイドには必要なスキルというわけです。

なぜなら私たちは、バウマイスター伯爵家のメイドなのですから。

「サイリウスは漁業の町。貴族は少なく漁師が多いので、それに類した格好になると思います。さて、明日は大変そうですね」

と言ってはいるのですが、心なしかドミニク姉さんが嬉しそうな表情を浮かべているような……。

他人を尾行するなんて経験、そうはないので実は楽しみなのかも……。

それを言うとまた拳骨《げんこつ》が落ちてきそうなので、私は静かにしていますとも。

＊　＊　＊

「これでいいですね」

「ドミニクさん、この格好は？」

「漁師の奥さんや娘さんの典型的な服装です」

「スカートじゃないんですね……」

「アンナさん、漁師の奥さんや娘さんは、魚を水で洗ったり、捌《さば》いたりするので、スカートだと裾が汚れやすいため、普段の服装はズボンが基本です」

「随分とぶ厚い前掛けですね」

「これも、水や魚の血がつくので洗いやすいようにです」

「なるほど。こういう格好をすればエルさんにバレませんね。髪を染めて、髪形も変えましたし」

　私、ドミニク姉さん、アンナさん、ハルカ様の四名は、ズホンに生地がぶ厚い前掛け姿という、サイリウスの女性には多く見られる服装と、髪の色や髪形まで変えて、エルヴィン様の尾行を開始しました。

まずは、先日のお話のとおり、エルヴィン様は武器屋で剣を見ています。

私たちは、一緒に売られている包丁などを見るフリをしながら、エルヴィン様がカルラ様と合流しないか見張っていました。

「(バレませんね)」

「(まあ、大分変装しましたから)」

なお、変装で使ったこの毛染め液。

魔法薬の一種で、対の液体を使うとすぐ元の髪色に戻せる優れもの。

色も形も変われば、さすがにバレないでしょう。

ハルカ様は金髪にして、髪をアップに。

アンナさんは赤髪にして、三つ編みに。

私だけは髪が短いので、黒のウィッグをつけてロングに。

そして、ドミニク姉さんは……。

「(なぜでしょう？　似合わないですね)」

「(大きなお世話です！　それよりもエルヴィン様を監視しなければ)」

私と同じくライトグリーンのウィッグを装着しているのですが……今、一番重要なことはエルヴィン様の監視なので、ドミニク姉さんのウィッグが似合っていなくても問題ないですね。

「(ただ剣を見ているだけですね……誰かと合流するようにも見えません)」

「(おかしいですね)」

エルヴィン様は、ただひたすら剣を見ています。

時おり店員さんに剣のことなどを尋ね、楽しそうに話をしていますね。

その店員さんはおじさんなのに……。

「(もしかして、あのおじさんと！)」

「(そんなわけないでしょうが！　カルラ様はどうなったんです？　エルヴィン様はただ剣を見に来られただけでは？　そうだとすれば、一人の方がいいでしょうし)」

「(え――――っ！　一人でただひたすら剣を見ているだけですよ？)」

私だったら、絶対に一分と経《た》たずに飽きると思います。

だって、剣なんてどれも同じ風にしか見えませんし、一人でってのもどうなのでしょうか？

「(でも、男性は時おり一人の時間が欲しいとか、そんな話を聞いたことがあります)」

「(お館様も、時おり一人で出かけていますね。男性とはそんなものかもしれません)」

アンナさんとハルカ様、男性心理に詳しいですね。

さすがは既婚者……あれ？　ドミニク姉さんも既婚者なのに……。

「(旦那さん、大丈夫ですか？)」

もしかして、ドミニク姉さんとの結婚生活で息が詰まっているのでは？

男性には時々息抜きをさせなければと、以前どこかで聞いたような……。

私はデキる妻になる予定なので、そこはちゃんと実行する予定です。

「(そんなことはないです……それよりも、店を出ましたよ)」

あっ、本当だ！

エルヴィン様はなにも買わずじまい……剣の手入れをする道具は購入したようですが。

「(次はどこに行くのでしょうか？)」

「(追いかけますよ)」

「(ドミニク姉さん、何気にノリノリですよね)」

ハルカ様の次に、駆け足で店を出ましたし……。

「(町をブラついてますね。観光でしょうか？)」

「(カルラ様を探しているのかもしれません)」

ハルカ様とドミニク姉さんは、熱心にエルヴィン様の監視を続けていますね。

やはり根が真面目だから？

「(レーアさん？)」

「(なんか、飽きてきました)」

「(あの……レーアさんがそれを言ってはいけないと思いますよ)」

アンナさんに注意されてしまいましたが、だってエルヴィン様は町をブラついているだけ……と思ったら……。

『カルラさんじゃないですか。買い物は終わったのですか？』

『はい。それほど沢山買わなかったので』

なんと町中で、エルヴィン様とカルラ様が出会ってしまいました。

これは偶然なのか、それとも実は事前に示し合わせていたのか？

二人は町の往来で話を始め、暫くすると別れることなく移動を開始します。

「(見失わないようにしないと)」

「(レーアさん、やる気が戻りましたね)」

だって、これから二人がどうするのか？

それこそが、一番大切なのですから。

「(喫茶店に入ったようですね)」

二人は、町の大通りにある喫茶店のオープンテラスに座り、お茶やお菓子などを注文したようです。

なにか話を始めたようですが、どんな内容なのか気になりますね。

二人に気がつかれず、話の内容が聞こえる席を急ぎ確保しませんと。

「(この席がいいですね)」

「(ここならちょうどエルヴィン様の後ろ側で、疑われることもないでしょう)」

ハルカ様とドミニク姉さん、行動が早いですね。

すぐに近くのテーブル席に座り、二人の会話に聞き耳を立て始めました。

「いらっしゃいませ。ご注文は？」

「ええと、このケーキセットと、ドリンクは……ミルクティーで」

「(レーア、私たちはお茶とお菓子を楽しみに来たのではないのです。ケーキは必要ないでしょうが！)」

「(ええっ！　だって、このケーキ、とても美味《おい》しそうですよ。お店のおすすめって、メニューにも書いてありますし……)」

「(私たちは、ケーキを食べに来たわけではないのですよ)」

「(美味しそうなのに……)」

せっかくお店に入ったのだから、そこの名物は楽しみましょうよ。

どうしてドミニク姉さんはそこまで真面目なんです？

真面目にしないと早死にする病かなにかですか？

「(あっ、でも。漁師の娘四人が、空いた時間にケーキを楽しみに来た風にした方が、エルヴィン様たちに不自然だと思われないかも)」

「(そう言われると、確かにそのとおりです。私もケーキセットとミルクティーを)」

ドミニク姉さん……アンナさんの意見はすぐに受け入れますよね。

これって差別なのでは？

「(私はこのケーキセットを)」

ハルカ様も、さり気なくケーキセットを注文しました。

女性四人で来て、ケーキを頼まないのはおかしい。

エルヴィン様たちに怪しまれないよう、という大義名分の元、全員がケーキセットを注文したわけです。

あれ？

私、間違ってないですよね？

「お待たせしました。お勧めケーキセットが四つです」

「美味しそうですね。これなら二個目もイケそうですよ」

「(だから、私たちはケーキを楽しみに来たのではないと、何度言えばいいのです！　エルヴィン様から不自然だと思われないようケーキを注文したのであって、ケーキのみを楽しみに来たのではないと！）」

「（痛いですよぉ……その技はなんですか？）」

精一杯広げた手で、私の顔を鷲掴《わしづか》みにしないでください！

顔が潰《つぶ》れるような、強烈な痛さが……。

そうでなくても、ドミニク姉さんは見た目に反して怪力なのですから。

「（誰が怪力ですか！）」

「（また心の声を読まれたぁ――――！）」

「（この技は、ルイーゼ様がお館様より教わった『鉄《てつ》の掌《てのひら》』という技です。拳骨だけでは効果が薄いので）」

効果ってなんですか？

そもそも拳骨だけでも、私は過去の楽しい出来事などを忘れて大きな損害が……出てませんね。

結局忘れないから。

「（その技は、私の顔の輪郭が変形しそうなので駄目ですよ！）」

「（顔が小さくなるかもしれません）」

「（そんなわけないですよ！）」

「（あのぅ……エルヴィン様の監視はどうなっていますか？）」

そうでした！

ドミニク姉さんと遊んでいる場合ではなかったのです！

ハルカ様は真面目にエルヴィン様の方を監視して……でも、ケーキはちゃんと味わっていますね。

やはり女子はスイーツが大好きですから。

『エルヴィン様は、お子様が生まれたそうで。おめでとうございます』

『ありがとうございます。息子ですけど可愛いですね』

『羨《うらや》ましいです。私はまだなので……』

二人の話に聞き耳を立てると、どうやらカルラ様はまだ子供がいらっしゃらないようです。

確か、ドミニク姉さんからの情報だと、カルラ様の方が先にご結婚なされたとか。

となると、ちょっとこれはお立場が悪いのかも。

旦那さんが側室を迎え入れたと聞きましたが、これは正室であるカルラ様に子供が生まれないから……周囲の人たちが勧めたのかもしれませんね。

子供が生まれなければ、家は絶えてしまう。

養子を迎え入れる方法もありますが、やはり血を分けた子供に継いでほしい。

そこで旦那さんの親族などが側室を勧め、断りきれない旦那さんがそれを受け入れた。

正室であるカルラ様には不満があり、さらに今回の騒動で二人は暫く別居状態……これは！

「(不満が溜《た》まったカルラ様が、エルヴィン様に急接近しようとしている！　もしくは、旦那さんの種で妊娠できないのであれば、すでにお子が生まれているエルヴィン様の種を！)」


「ええっ――――!?」

『なんだ？　急に大きな声が？』

『ええと……。近くのテーブル席の女性たちです』

「また旦那が飲んだくれてから暴れて、詰め所の世話になったの？　あなたも大変ね」

「……ええ……そうなのよ」

『ああ、漁師の町だからか……。漁師は実入りがいいから、酒や賭け事、女性で騒ぎを起こして奥さんに呆《あき》れられる人が多いって、ヴェルから聞いた』

『そうなのですか』

私の推論を聞いたハルカ様が大きな声をあげてしまい、エルヴィン様にバレるかと思ったのですが、これは変装の勝利ですね。

あと、急ぎドミニク姉さんがフォローしてくれたので、事なきを得ました。

「(ハルカ様、気をつけないと)」

「(そうですね……サムライの娘たるもの、常に冷静でいなければ……)」

「(あなたが、突拍子もないことを言うからでしょうが！)」

「(痛いですよぉ……)」

その鉄の掌は、顔がミシミシ言って痛いのでやめてほしいです。

でも、ちょっとだけ小顔効果があるかも……。

「(私が思うに、これはカルラ様が知り合いであるエルヴィン様にちょっと相談というか、不安を口にしただけでは？)」

「（そうは言いますが、そのあとがあったらどうします？）」

「（ううっ……それは……）」

ほら、ドミニク姉さんも疑わしい点があると思っているくせに。

だから今日もついてきたのでしょうし。

『弓の指導も、夫の助けになればと思ったからこそ、サイリウスまでやってきました。今、屋敷は新しい側室が守っていまして……悪い方ではないのですが、夫は出兵して帰ってきませんし、不安がないわけでもないです。彼と結婚したのは……』

『おっと、それ以上はナシだ』

『エルヴィン様？』

あれ？

ここで普通なら、エルヴィン様が『俺がいるから』とかカルラ様に言ってしまって、そのあと
……って！

それだと駄目じゃないですか！

いや、いいのか。

『我が身の恥を晒《さら》すけど、俺はさ、あの時、カルラさんを好きになってさ』

『そうだったのですか？』

カルラ様、エルヴィン様の好意に気がつかなかったんですね……。

エルヴィン様の一方的な片想い……私たち、ちょっと物悲しくなってきました。

『最後に別れた時、カルラさんが嬉しそうに旦那さんを紹介したじゃないか』

『すみません……』

『いや、それを見たら、ああ、俺にもう勝ち目はないんだな……って。そうは言っても直後はそこまで物わかりもよくなくて、暫くは放心してたけど。でも、だから俺はハルカさんと出会えたわけで。結局それでよかったんだよ』

『ハルカさん？　奥様ですか？』

『そう。俺には過ぎた奥さんさ。あと、故郷から俺に会いに来てくれたアンナという奥さんもいて。今、俺は幸せだなって思っている。でも俺が幸せなのは、カルラさんが俺など目もくれずに旦那さんと結婚を決めたからで。俺には二人がお似合いに見えた。今はちょっと色々とあって、旦那さんが留守で不安もあるかもしれないけど、そのうちまた仲良く暮らせるんじゃないのかな？　子供は、カルラさんはまだ若いから大丈夫だよ。無責任な慰めかもしれないけど、俺はバカだからなぁ……』

エルヴィン様、優しいし大人ですね！

過去に自分が失恋した相手なのに。

それと、いざという時の女性への対応が、お館様を遥《はる》かに凌駕《りょうが》しています！

お館様は、そういうのはまったく駄目駄目ですから。

『エルヴィン様のお話を聞いて心が落ち着きました。そうですね。焦っても仕方がないですよね』

『それに、弓は心が乱れていると当たらないから』

『そうでした』

『この店、ケーキとかも美味しそうだな。カルラさん、お一ついかがですか？』

『いえ、悩みを聞いていただいたのに悪いです』

『いいって。これでも俺は、バウマイスター伯爵家の重臣だからな。友人にケーキを奢《おご》ることくらいはできる財力はあるさ』

『ありがとうございます、エルヴィン様』

『俺も頼もうかな』

『エルヴィン様も甘い物が好きなのですね』

『間違いなく、うちのお館様の影響だよな。あとは、奥さんたちと出かけると自然に？』

『まあ、とてもいいご夫婦なのですね』

そのあと二人はお茶とケーキを楽しむと、お店の前で別れてしまいました。

どうやら、私の心配は杞憂《きゆう》に終わったようです。


「おほん、私はエルさんを信じていましたから」

ハルカ様。

実は少し疑っていたから、私たちについてきたんですよね？

しかも、『俺には過ぎた奥さん』とかエルヴィン様から褒められたから、見てわかるほど嬉しそうな笑みを浮かべていますし。

「私も、エルヴィン様を信じていましたよ」

アンナさんも……エルヴィン様に褒められてとても嬉しそうですね。

「ハルカ様、エルヴィン様の夕食、なにか好きなものをお作りしてさしあげましょう」

「それはいいですね。では、買い物に行きましょうか」

「はい」

心配事がなくなったハルカ様とアンナさんは、二人で仲良く夕食の買い物に行くため、私たちを置いて店を出ていってしまいました。

あとには、私とドミニク姉さんのみが残されます。

「まあ、杞憂に終わってよかったのでは？」

「とはいえ、万が一のこともあるかなと私は思ったんですよ」

「それはそうと、エルヴィン様はハルカ様とアンナさんには言及されていましたが、レーアは……もっと精進しませんと」

そう言うなり、ドミニク姉さんは私の肩に両手を置き、とても可哀想《かわいそう》な子を見るような目で見つめ始めました。

これはアレですか？

エルヴィン様は私に一切言及せず、つまり私は駄目な婚約者だってことですか？

「いやいやいや、私はまだ婚約者だから、エルヴィン様は私に言及しなかったんですよ。もしすでに結婚していたら、きっと『レーアは俺に勿体《もったい》ない妻だ』とか言ってましたって」

「そうですか？　将来の旦那様を疑っていたではないですか」

「私だけが悪いんですか？」

だって、みんな今日はついてきたじゃないですか。

つまり、少しでも私の考えに同調していたわけで……。

「ところで、行かなくていいのですか？　ハルカ様とアンナさんは、エルヴィン様にお出しになる夕食の買い物に行きましたが……」

「そうでした！　私も行きますよぉ――――！」

待って！

私を置いていかないで！

まだケーキは全部食べてない……。

「ええいっ！　うごむご……完食！　待ってくださぁ――――い！」

私も、エルヴィン様にお出しする夕食を作る手伝いをしますから！

そう叫びながら、急ぎ店を出てハルカ様とアンナさんを追いかけたのでした。

＊　＊　＊

「突如できた休日を楽しむ。時間を上手《うま》く使うのもメイドの極意ですね」

夫婦というのは色々とありますからね。

時にこうして、あまり知り合いもいない町の店で一人お茶とケーキを楽しみつつ、ノンビリと過ごす。

実に素晴らしい休日です。

レーアの暴走がこうも役に立つとは。

これも怪我の功名というやつかもしれませんね。

それと、これは後日の話ですが、カルラ様は無事に妊娠して跡継ぎの男の子をお生みになられたとか。

確かにエルヴィン様の仰るとおり、杞憂だったのかもしれませんね。

キャラクター
設定ラフ
Character rough

エリザベート・ホワイル・ゾヌターク九百九十九世

八男って、それはないでしょう!

異世界帰りのパラディンは、
最強の除霊師となる
著：Y.A
イラスト：松吉
Y.A
完全新作
2020年5月25日
発売予定
プロローグの一部をお試し版として公開！
異世界で力を得た駆け出しC級除霊師による
強くてコンティニューな物語！
★ご注意！　こちらはお試し版となりますので、内容の一部が変更となる場合がございます。予めご了承ください。

異世界帰りのパラディンは、最強の除霊師となる【お試し版】
プロローグ　C級除霊師二人

「久美子、この『怨体《おんたい》』はE級で、最下級という評価でいいよな?」

「そうだね、裕ちゃん。最下級のEで問題ないと思うよ。協会の下見でそう評価されているから、まず間違いないはずだよ。そんなに心配?」

「念のためってやつさ。それじゃあ消すか」

「そうだね」


草木も眠る丑《うし》三つ時……までは遅くない夜、俺ともう一人の相棒は、夜のアルバイトに従事していた。

夜のアルバイトとはいっても、いかがわしいお仕事というわけではなく……霊障の解除なので、その手のことを信じていない人から見れば怪しくはあるのだが……インチキでも、ましてや違法行為でもなく、世のため人のためになる仕事であった。

古《いにしえ》より人類は、悪霊が関わる様々な災いを受けてきた。

恨みや未練を残して死んだ人間の霊が悪霊化し、それが時には悪神にまで成長して大きな災いをもたらした。

力のある悪霊や、時には生きている人間の生霊がまるで災厄のように、人間や、人々が暮らす土地・建物などに災いをもたらす。

そこで、それらを退治する『除霊師』という職業が古より存在し、今なお多くの除霊師たちが世界中で活動している。

除霊師になるための条件はただ一つ。

一定以上の霊力を保持し、最低限、霊本体から分離した『怨体』を退治できるかどうかである。

人が死ねば一定の割合で悪霊になるとはいえ、その値は低く、ゆえに悪霊自体はそれほど多くは存在していない。

そんな悪霊たちの中でも、長年除霊されずに生き残っているものとなるとさらに少ない。

除霊されていない悪霊にしたって、現時点では除霊できる除霊師がいないのでそのままだが、封印や監視により、通り魔的に人に害を為《な》すことなどは滅多にない。

大半が地縛霊化しているため、その場から動けないというのもある。

ただ、稀《まれ》に封印や監視から上手《うま》く逃げ回っている浮遊霊的な悪霊が存在しているのも事実。

さらに、悪霊からは定期的に分身体とも言うべき怨体が発生しており、除霊師の、特に俺たちのように実力の低い除霊師の相手は、この怨体がメインであった。

とはいえ、力のある悪霊の怨体は下手な悪霊よりも厄介だったりするので、我々除霊師は己の力量をよく考え、浄化する怨体の強さを見極めないといけない。

己の力量をよく考えず、強い怨体や、ましてや悪霊を退治しようとして殺される除霊師は、毎年数十名規模で発生するそうだ。

すぐに新しい除霊師が補充されるので問題はないが、俺としては勝てもしない怨体や悪霊とやり合う気などない。

なにしろ、除霊師はとても効率のいいアルバイトなのだから。

俺、広瀬裕《ひろせゆう》と、俺の幼馴染《おさななじみ》にして、通っている戸高《とだか》第一高校の同級生でもある相川久美子《あいかわくみこ》は、地元戸高市北部にある小さな山、戸高山の山腹にある『戸高神社』、『戸高山神社』を管理している神職の跡取りであった。

神職だから全員除霊ができるというわけでもなく、俺の一族と久美子の一族は、何代かに一度除霊師を輩出するのだと両親から聞いていた。

代々とまではいかないためか、俺と久美子の両親には除霊師の才能がなく、普段は二つの神社の管理を生業《なりわい》としていた。

両神社は戸高市内ではそれなりに有名で、お正月や例大祭、七五三などが稼ぎ時というわけだ。

そういえば、亡くなった祖父《じい》さんが優秀な除霊師だったと聞くが、どんな人かは知らなかった。

なぜなら、俺が生まれた時にはもう死んでいたからだ。

写真でしか見たことがなく、なんでも、とある厄介な悪霊の封印に成功したが、その際に命を落としてしまったそうだ。

「さて、どっちのおふだがいいか……」

「裕ちゃん、相変わらずおふだの選定の時はケチ臭いよね」

「久美子はそうは言うがな。これは、俺たちの実入りを左右する重要な選択なんだぞ！」

世間一般に、除霊師は儲《もう》かる職業とされている。

有名な除霊師になると、テレビに出たり、会社を立ち上げて節税しなきゃとかなったり、とにかく儲かるらしい。

あくまでも実力があれば、という条件がつくが。

一部の成功者と、あとはピラミッド状に多くのワープア除霊師が存在するというのが、この業界の常識であった。

除霊師のランクは、一体でも怨体を除霊できたらC級となり、ある程度怨体と悪霊を退治し、日本除霊師協会が認めればB級に。

さらに多くの怨体・悪霊と、日本除霊師協会が『札付き』と認めた悪霊を一体退治できたらA級となり、その中で日本除霊師協会が特別に認めた者だけが、半ば神の領域に入ると言われているＳ級を名乗れる。

実力と実績によって厳しくランク付けされているわけだ。

ちなみに、俺と久美子は一番下のＣ級である。

正直なところ、今の俺たちに悪霊の相手は難しく、かといってこれから除霊師として大きな成長も期待できない。

実家の神社を継いで、空いている時間に弱い怨体退治を受けるのが精々といった感じであろう。

今日は、とあるアパートの一室に憑《つ》いた怨体の退治である。

悪霊や生霊から怨念が分離してまるで本物の悪霊のようになり、人間に憑りついたり、その土地や建物などに居ついて近づく者に害を為す。

素人には悪霊と区別がつかないケースも多く、それでも害はあるので、その『浄化』は除霊師の仕事であった。

いや、俺たちのように実力が低い除霊師の、と言った方が正確か。

稀に、強力な悪霊から分離した怨体がとてつもなく厄介な存在になるケースもあるが、そんなことは滅多にないし、俺たちのような末端新人Ｃ級除霊師にその手の浄化依頼がくるわけないので、あまり心配する必要はないと思う。

った。


「安いおふだでいけるよな？」

「大丈夫だとは思う」

C級で新人扱いの俺たちなので、浄化依頼がきた怨体のレベルはE。

怨体も悪霊もランク付けがされていて、EからA、S、SSまであるので、最低ランクの依頼であった。

報酬は二人で三万円。

高校生のアルバイトにしては高給だが、C級除霊師が怨体を浄化するにはおふだが必要となる。

これは自分で書いてもいいのだが、当然才能がなければただ和紙にお習字しただけで終わってしまう。

おふだが書けない除霊師たちの大半は、それを日本除霊師協会から購入せねばならず、おふだの品質は保証されているが、その分価格は高価だ。

当然、おふだの威力によってその値段は大きく変わる。

今俺は、五千円のおふだと、一万円のおふだ、どちらを使おうか真剣に悩んでいた。

「安全のために、一万円のおふだでいいと思うよ」

「俺もそう思うんだが……」

もし安い方の五千円のおふだを使えば、一人頭九千五百円の収入になる。

計算が合わないと思われるかもしれないが、依頼に成功して報酬を受け取ると、日本除霊師協会に二割、六千円を引かれてしまうのだ。

完全にボッタクリだと思うが、除霊、浄化中に負傷すると少ないながらもお見舞金が出るので仕方がなかった。

除霊師は保険に入れないか、保険料があり得ないくらい高いので、日本除霊師協会の補償に頼るしかないのだ。

他にも各種サービスやサポート制度があり、それを受けるには報酬の二割を納めるしかない。

そして一万円のおふだを使った場合、一人頭七千円になる。

浄化自体は一時間とかからず終わるため、高校生のアルバイトにしては割がいいが、危険な仕事の割には儲からないというのが現状であった。

「五千円の札で九千五百円か、一万円のおふだで七千円か……悩む」

二千五百円あれば、ラーメンと牛丼が何杯食べられるだろうか……と、俺は思ってしまうのだ。

「でも、二千五百円で怪我《けが》をすると赤字になっちゃうから」

「ええいっ！　俺はヘタレだ！」

俺は定価一万円（日本除霊師協会のみで独占販売）のおふだを、マンションの空き部屋の隅にいたE級の怨体にぶつけた。

すると、青白い炎を発しながら燃えるおふだと一緒に、目標である怨体は消え去ってしまう。

お手軽簡単な仕事だと思われそうだが、このおふだを霊力がない人が使ってもなんの効果もない。

さらに言えば、怨体を目視できない人も多いだろう。

さすがにB級を超える怨体はほとんどの人が見えてしまうが、見えたからといって怨体を退治できるわけではない。

たとえE級でも、無防備な一般人が襲われれば無事では済まないのだから。

最悪呪い殺されてしまうので、一番レベルが低い怨体でも急ぎ浄化する必要はあった。

怨体はランクの低いものほど簡単に発生するが、依頼料が安いので腕のいい除霊師はまず浄化の依頼を引き受けない。

悪霊の相手で忙しいという理由もあるのだが。

そんなわけで、低級の怨体を浄化するのは、俺たちのような同じく低ランクの除霊師たちというわけだ。


【続きは2020年5月発売予定の「異世界帰りのパラディンは、最強の除霊師となる」にて！】

MFブックス

八男って、それはないでしょう！ 19

2020年3月25日　初版第一刷発行
2020年4月25日　第二刷発行

著者　Y.A
発行者　三坂泰二
発行　株式会社KADOKAWA
〒102-8177　東京都千代田区富士見2-13-3
0570-002-001（ナビダイヤル）
印刷・製本　株式会社廣済堂
ISBN 978-4-04-064539-1 C0093

企画　株式会社フロンティアワークス
担当編集　下澤鮎美／小寺盛巳（株式会社フロンティアワークス）
ブックデザイン　ウエダデザイン室
デザインフォーマット　ragtime
イラスト　藤ちょこ

本シリーズは「小説家になろう」（https://syosetu.com/）初出の作品を加筆の上書籍化したものです。

この作品はフィクションです。実在の人物・団体・事件・地名・名称等とは一切関係ありません。

目が覚めると、
貧乏貴族の八男になっていた——